U0056988

瑞蘭國際

瑞蘭國際

瑞蘭國際

瑞蘭國際

法語 Oh là là！

最活潑又實用的法語入門讀本

淡江大學法文系楊淑娟、Alain Monier教授　合著

Préface 序

基於本人與 Alain Monier 前兩本法語教材合作寫書的經驗積累，今年我們再度推出第三本合著的法語教材《法語 Oh là là !》。本教材的語言學習概念除了基本的字彙與文法外，我們還為每一課設計了更多元的主題，提供法語初學者更多樣的學習方式。

本書共有六課，每課內容都由十個主題組成，其重要性如下：

1. 法語體驗：學習者透過該課主題回答問題。
2. 對話：共三段，第一段是標準法文，第二及第三段是口語法文。
3. 旋律與語調：讓學習者模仿完整法語的音調。
4. 動詞變化：列出初學者應該學習的動詞變化與動詞的各種意思，以正確地使用該動詞。
5. 詞彙：彙整該單元中相關的單字。
6. 文法：以中文解釋文法並列舉多例，建立學習者對文法的整體概念。
7. 法國人的生活方式：介紹法式生活、文化與禮節。
8. 口語練習與課堂活動：以問句方式訓練口語表達。
9. 找字遊戲：從該課找出單字答案。
10. 益智問答：由圖片聯想法國文化之學習。

本人在此萬分感謝 2015 年淡江大學外語學院重點計畫所給予的補助。本書的完成也歸功於參與錄音工作的法籍人士 Alain Monier 及 Lisa Gautier；中央大學法文系林德祐教授、國立台北教育大學楊淑媚教授、與瑞蘭國際有限公司的林珊玉等人給予很多寶貴意見。最後感謝瑞蘭國際有限公司大力協助我們出版此書。

期盼本書能提供初學者對法語學習及法國文化的一些基本認識。

淡江大學法文系專任教授
楊淑娟

淡江大學法文系兼任副教授
Alain Monier（孟尼亞）

如何使用本書｜

輕鬆暖身

每課開始前，皆安排了簡單的猜猜看遊戲，讓我們先「浸入」法語裡，開啟學習旅程。

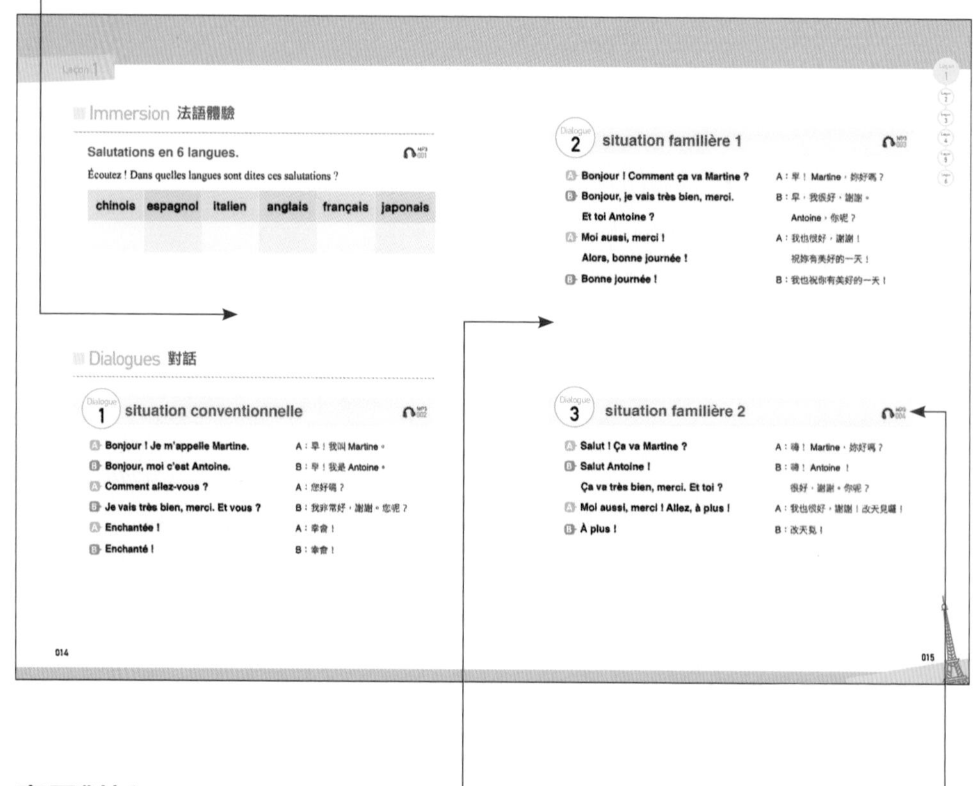

實用對話

依每課主題設計三個情境對話，分為「標準法語」與「口語法語」，最貼近法國人說話習慣。

作者親錄 MP3

在「對話」、「旋律與語調」、「動詞變化」、「詞彙」、「口語練習」等單元，皆有作者親錄標準法語朗讀 MP3，聽力與口說一次到位。

學習優雅旋律與語調

將對話內的重點實用句，標示上揚或下降語調，搭配 MP3 音檔學習，優雅法語語調一點就通。

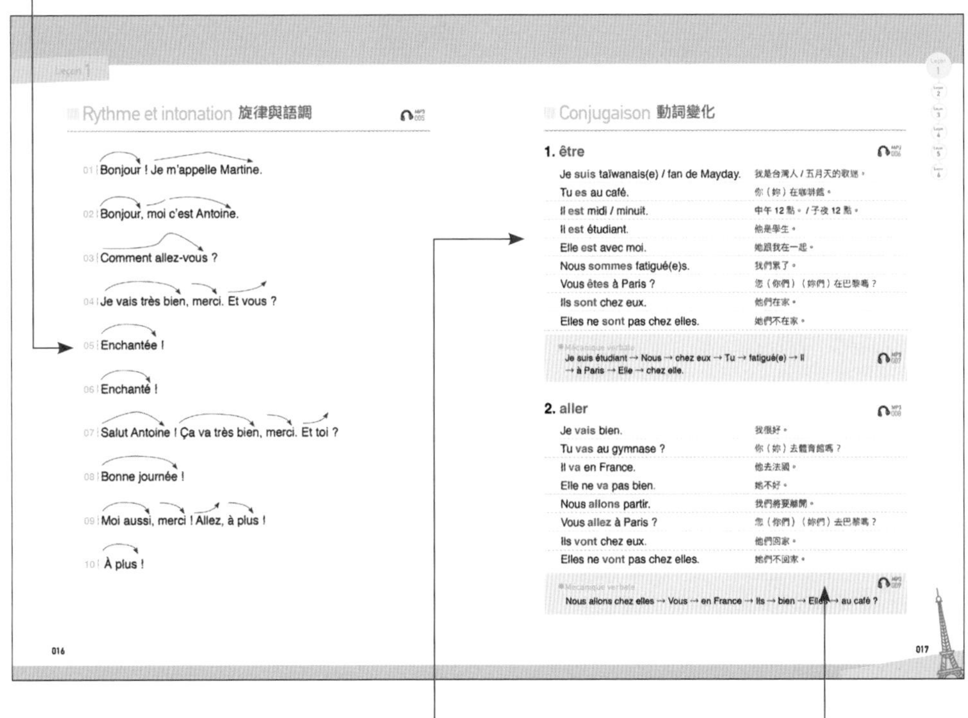
Leçon 1

Rythme et intonation 旋律與語調 MP3 005

01 Bonjour ! Je m'appelle Martine.

02 Bonjour, moi c'est Antoine.

03 Comment allez-vous ?

04 Je vais très bien, merci. Et vous ?

05 Enchantée !

06 Enchanté !

07 Salut Antoine ! Ça va très bien, merci. Et toi ?

08 Bonne journée !

09 Moi aussi, merci ! Allez, à plus !

10 À plus !

016

Conjugaison 動詞變化

1. être MP3 006

Je suis taïwanais(e) / fan de Mayday.	我是台灣人 / 五月天的歌迷。
Tu es au café.	你（妳）在咖啡館。
Il est midi / minuit.	中午 12 點。/ 子夜 12 點。
Il est étudiant.	他是學生。
Elle est avec moi.	她跟我在一起。
Nous sommes fatigué(e)s.	我們累了。
Vous êtes à Paris ?	您（你們）（妳們）在巴黎嗎？
Ils sont chez eux.	他們在家。
Elles ne sont pas chez elles.	她們不在家。

Mécanique verbale MP3 007
Je suis étudiant → Nous → chez eux → Tu → fatigué(e) → Il → à Paris → Elle → chez elle.

2. aller MP3 008

Je vais bien.	我很好。
Tu vas au gymnase ?	你（妳）去體育館嗎？
Il va en France.	他去法國。
Elle ne va pas bien.	她不好。
Nous allons partir.	我們將要離開。
Vous allez à Paris ?	您（你們）（妳們）去巴黎嗎？
Ils vont chez eux.	他們回家。
Elles ne vont pas chez elles.	她們不回家。

Mécanique verbale MP3 009
Nous allons chez elles → Vous → en France → Ils → bien → Elles → au café ?

017

關鍵動詞

彙整每課關鍵動詞，並搭配八個人稱變化的例句，最初級現在式動詞變化、動詞運用，學習不錯過。

腦袋轉一轉

從提供的句子出發，透過主詞受詞交替變換，來測驗自己是否已經熟悉依人稱而不同的動詞變化吧！

實用詞彙補充

完整補充與主題最相關的實用單字，搭配前面學習的會話、動詞，就能變化出許多句子。

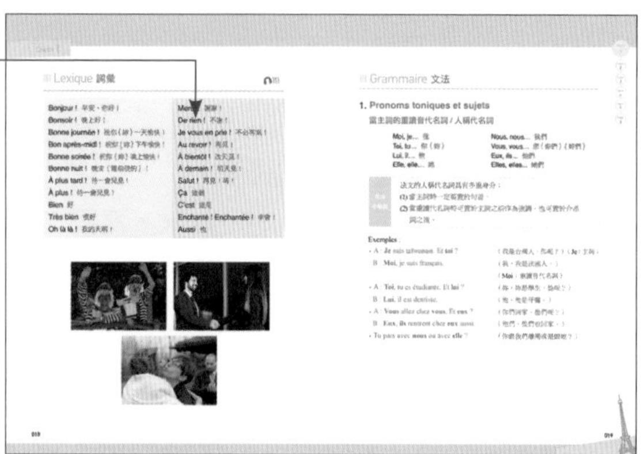

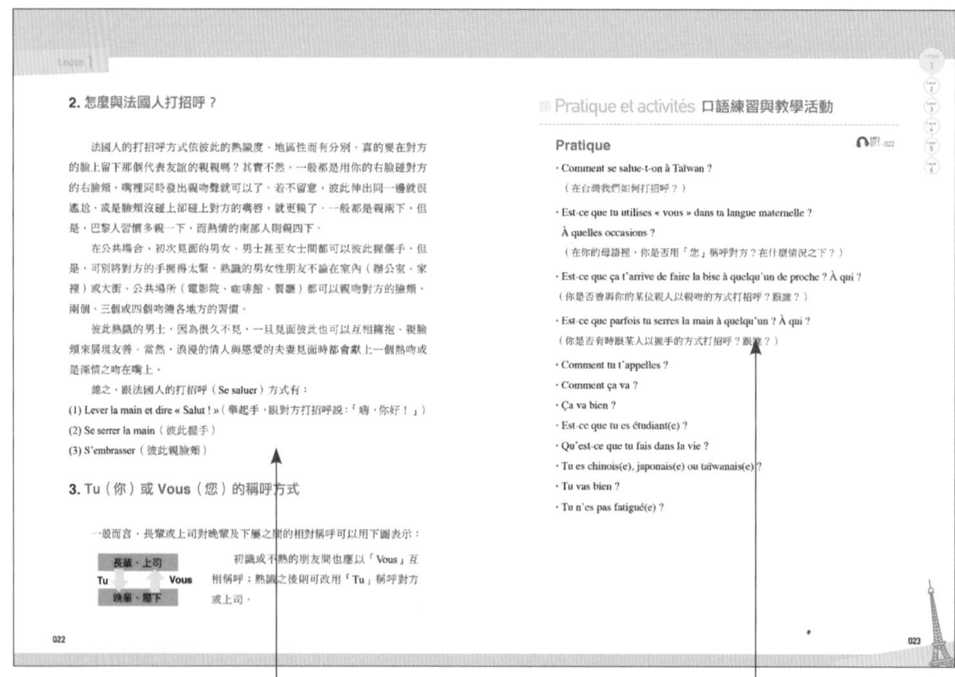

法國文法補給

除了介紹法國文化外，也補充了相關的單字及真實的情境用語，看完包準你大呼「Oh là là !」。

口語練習

先聽一聽音檔的問題，之後再用該課學習到的內容回答。用你問我答的方式，模擬真實情境，練習口語。

文法不漏接

透過易懂的「文法小解說」及例句，將看似複雜的文法一一破解，讓你輕鬆掌握文法重點。

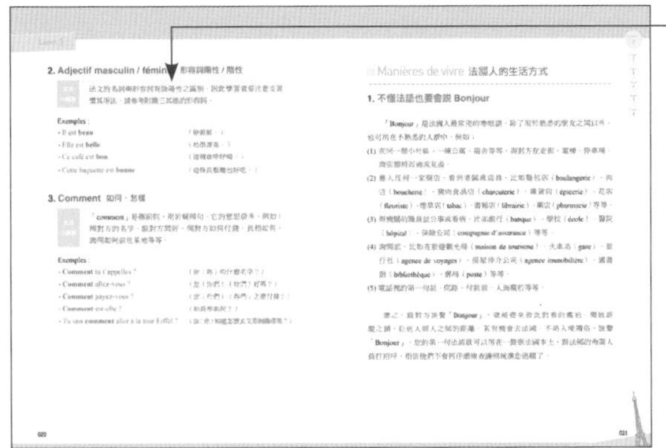

2. Adjectif masculin / féminin 形容詞陽性 / 陰性

Exemples :
- Il est beau
- Elle est belle
- Ce café est bon
- Cette baguette est bonne

3. Comment 如何、怎樣

Exemples :
- Comment tu t'appelles ?
- Comment allez-vous ?
- Comment payez-vous ?
- Comment est-elle ?
- Tu sais comment aller à la tour Eiffel ?

Manières de vivre 法國人的生活方式

1. 不懂法語也要會說 Bonjour

法國文字遊戲

課程的最後，會有法國人最喜愛的文字遊戲。找一找，裡面出現了哪些該課相關單字吧！

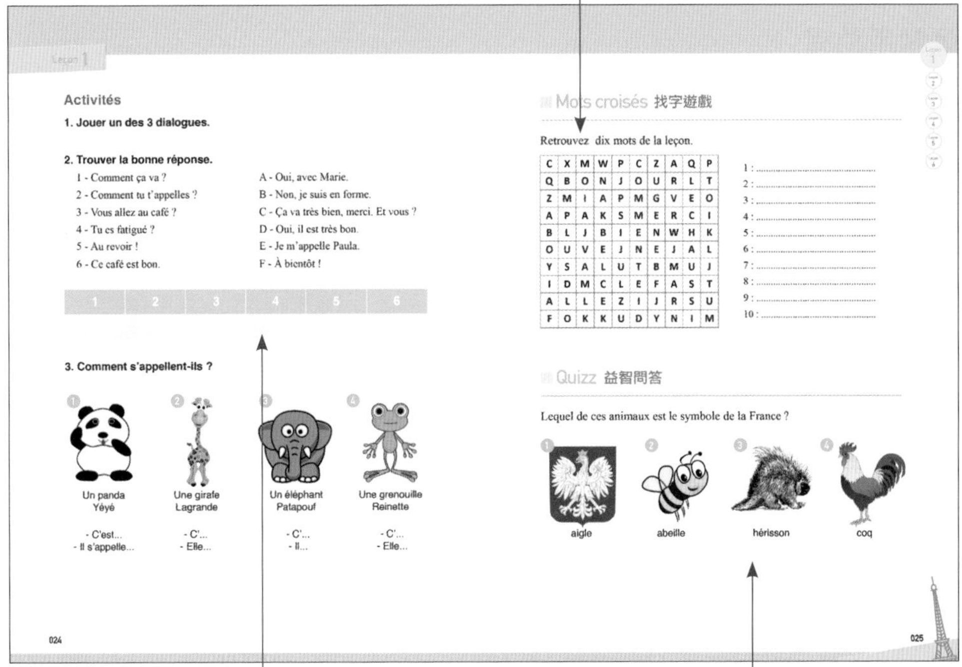

Leçon 1

Activités

1. Jouer un des 3 dialogues.

2. Trouver la bonne réponse.

1 - Comment ça va ?	A - Oui, avec Marie.
2 - Comment tu t'appelles ?	B - Non, je suis en forme.
3 - Vous allez au café ?	C - Ça va très bien, merci. Et vous ?
4 - Tu es fatigué ?	D - Oui, il est très bon.
5 - Au revoir !	E - Je m'appelle Paula.
6 - Ce café est bon.	F - À bientôt !

1	2	3	4	5	6

3. Comment s'appellent-ils ?

Mots croisés 找字遊戲

Retrouvez dix mots de la leçon.

C	X	M	W	P	C	Z	A	Q	P
Q	B	O	N	J	O	U	R	L	T
Z	M	I	A	P	M	G	V	E	O
A	P	A	K	S	M	E	R	C	I
B	L	J	B	I	E	N	W	H	K
O	U	V	E	J	N	E	J	A	L
Y	S	A	L	U	T	B	M	U	J
I	D	M	C	L	E	F	A	S	T
A	L	L	E	Z	I	J	R	S	U
F	O	K	K	U	D	Y	N	I	M

1 : ....
2 : ....
3 : ....
4 : ....
5 : ....
6 : ....
7 : ....
8 : ....
9 : ....
10 : ....

Quizz 益智問答

Lequel de ces animaux est le symbole de la France ?

024 025

活動練習

輕鬆活潑的配配看、造句等練習，在無壓力的情況下，測驗自己的學習成效吧！

益智問答

辛苦學習完整課內容後，終於可以放鬆一下了。有趣的益智問答，刺激又能提振精神。

豐富附錄

除了一到六課的內容外，也有豐富附錄，從：發音、常用動詞變化、字彙、文法、網路延伸學習，充實的內容等你來發掘。

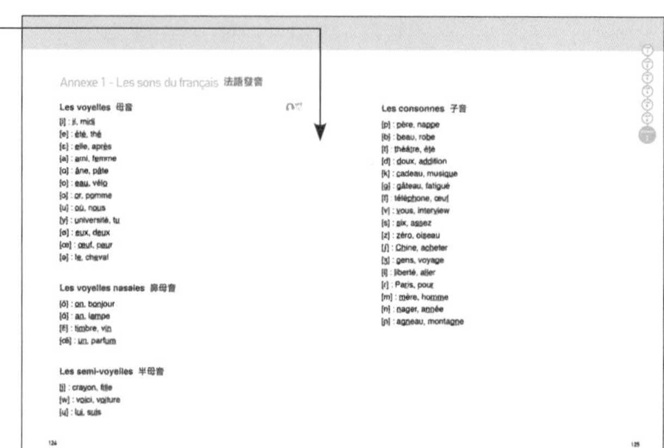

Annexe 1 - Les sons du français 法語發音

Les voyelles 母音

[i] : il, midi
[e] : été, thé
[ɛ] : elle, après
[a] : ami, femme
[ɑ] : âne, pâte
[o] : eau, vélo
[ɔ] : or, pomme
[u] : où, nous
[y] : université, tu
[ø] : eux, deux
[œ] : œuf, peur
[ə] : le, cheval

Les voyelles nasales 鼻母音

[ɔ̃] : on, bonjour
[ɑ̃] : an, lampe
[ɛ̃] : timbre, vin
[œ̃] : un, parfum

Les semi-voyelles 半母音

[j] : crayon, fille
[w] : voici, voiture
[ɥ] : lui, suis

Les consonnes 子音

[p] : père, nappe
[b] : beau, robe
[t] : théâtre, été
[d] : doux, addition
[k] : cadeau, musique
[g] : gâteau, fatigué
[f] : téléphone, œuf
[v] : vous, interview
[s] : six, assez
[z] : zéro, oiseau
[ʃ] : Chine, acheter
[ʒ] : gens, voyage
[l] : liberté, aller
[r] : Paris, pour
[m] : mère, homme
[n] : nager, année
[ɲ] : agneau, montagne

124 125

最常用動詞

網羅初學者最常用的動詞，一一列出其「現在時」、「命令式」、「複合過去時」、「即將未來時」，學習一目了然。

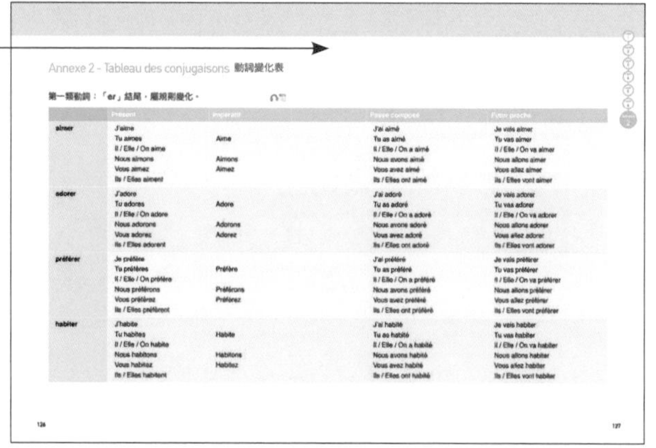

Annexe 2 - Tableau des conjugaisons 動詞變化表

第一類動詞：「er」結尾，屬規則變化。

	Présent	Impératif	Passé composé	Futur proche
aimer	J'aime Tu aimes Il / Elle / On aime Nous aimons Vous aimez Ils / Elles aiment	 Aime Aimons Aimez	J'ai aimé Tu as aimé Il / Elle / On a aimé Nous avons aimé Vous avez aimé Ils / Elles ont aimé	Je vais aimer Tu vas aimer Il / Elle / On va aimer Nous allons aimer Vous allez aimer Ils / Elles vont aimer
adorer	J'adore Tu adores Il / Elle / On adore Nous adorons Vous adorez Ils / Elles adorent	 Adore Adorons Adorez	J'ai adoré Tu as adoré Il / Elle / On a adoré Nous avons adoré Vous avez adoré Ils / Elles ont adoré	Je vais adorer Tu vas adorer Il / Elle / On va adorer Nous allons adorer Vous allez adorer Ils / Elles vont adorer
préférer	Je préfère Tu préfères Il / Elle / On préfère Nous préférons Vous préférez Ils / Elles préfèrent	 Préfère Préférons Préférez	J'ai préféré Tu as préféré Il / Elle / On a préféré Nous avons préféré Vous avez préféré Ils / Elles ont préféré	Je vais préférer Tu vas préférer Il / Elle / On va préférer Nous allons préférer Vous allez préférer Ils / Elles vont préférer
habiter	J'habite Tu habites Il / Elle / On habite Nous habitons Vous habitez Ils / Elles habitent	 Habite Habitons Habitez	J'ai habité Tu as habité Il / Elle / On a habité Nous avons habité Vous avez habité Ils / Elles ont habité	Je vais habiter Tu vas habiter Il / Elle / On va habiter Nous allons habiter Vous allez habiter Ils / Elles vont habiter

126 127

字彙補充

依主題分門別類的字彙，搭配 MP3 音檔，聽與看雙管齊下，一次記住字彙就那麼簡單！

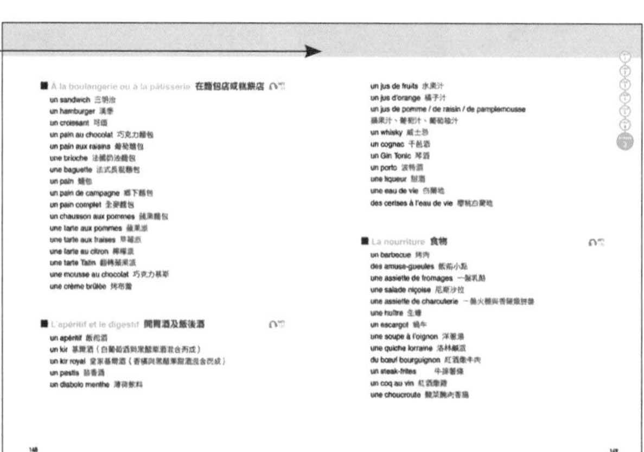

■ À la boulangerie ou à la pâtisserie 在麵包店或糕餅店

un sandwich 三明治
un hamburger 漢堡
un croissant 可頌
un pain au chocolat 巧克力麵包
un pain aux raisins 葡萄麵包
une brioche 法國奶油麵包
une baguette 法式長棍麵包
un pain 麵包
un pain de campagne 鄉下麵包
un pain complet 全麥麵包
un chausson aux pommes 蘋果麵包
une tarte aux pommes 蘋果派
une tarte aux fraises 草莓派
une tarte au citron 檸檬派
une tarte Tatin 翻轉蘋果派
une mousse au chocolat 巧克力慕斯
une crème brûlée 烤布蕾

■ L'apéritif et le digestif 開胃酒及飯後酒

un apéritif 飯前酒
un kir 基爾酒（白葡萄酒與黑醋栗酒混合而成）
un kir royal 皇家基爾酒（香檳與黑醋栗甜酒混合而成）
un pastis 茴香酒
un diabolo menthe 薄荷飲料
un jus de fruits 水果汁
un jus d'orange 橘子汁
un jus de pomme / de raisin / de pamplemousse
蘋果汁、葡萄汁、葡萄柚汁
un whisky 威士忌
un cognac 干邑酒
un Gin Tonic 琴酒
un porto 波特酒
une liqueur 甜酒
une eau de vie 白蘭地
des cerises à l'eau de vie 櫻桃白蘭地

■ La nourriture 食物

un barbecue 烤肉
des amuse-gueules 餐前小點
une assiette de fromages 一盤乳酪
une salade niçoise 尼斯沙拉
une assiette de charcuterie 一盤火腿與香腸類拼盤
une huître 生蠔
un escargot 蝸牛
une soupe à l'oignon 洋蔥湯
une quiche lorraine 洛林鹹派
du bœuf bourguignon 紅酒燉牛肉
un steak-frites 牛排薯條
un coq au vin 紅酒燉雞
une choucroute 醃菜醃肉香腸

148 149

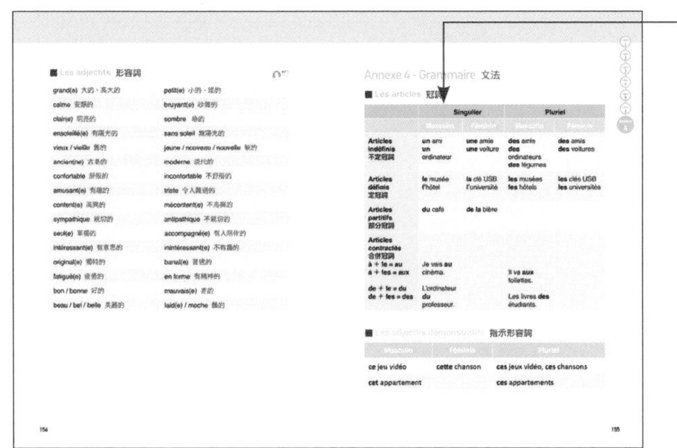

■ Les adjectifs 形容詞

grand(e) 大的、高大的	petit(e) 小的、矮的
calme 安靜的	bruyant(e) 吵雜的
clair(e) 明亮的	sombre 暗的
ensoleillé(e) 有陽光的	sans soleil 無陽光的
vieux / vieille 舊的	jeune / nouveau / nouvelle 新的
ancien(ne) 古老的	moderne 現代的
confortable 舒服的	inconfortable 不舒服的
amusant(e) 有趣的	triste 令人難過的
content(e) 高興的	mécontent(e) 不高興的
sympathique 親切的	antipathique 不親切的
seul(e) 單獨的	accompagné(e) 有人陪伴的
intéressant(e) 有意思的	inintéressant(e) 不有趣的
original(e) 獨特的	banal(e) 普通的
fatigué(e) 疲倦的	en forme 有精神的
bon / bonne 好的	mauvais(e) 差的
beau / bel / belle 美麗的	laid(e) / moche 醜的

154

Annexe 4 - Grammaire 文法

■ Les articles 冠詞

	Singulier		Pluriel	
	Masculin	Féminin	Masculin	Féminin
Articles indéfinis 不定冠詞	un ami un ordinateur	une amie une voiture	des amis des ordinateurs des légumes	des amis des voitures
Articles définis 定冠詞	le musée l'hôtel	la clé USB l'université	les musées les hôtels	les clés USB les universités
Articles partitifs 部分冠詞	du café	de la bière		
Articles contractés 合併冠詞 à + le = au à + les = aux	Je vais au cinéma.		Il va aux toilettes.	
de + le = du de + les = des	L'ordinateur du professeur.		Les livres des étudiants.	

■ Les adjectifs démonstratifs 指示形容詞

Masculin	Féminin	Pluriel
ce jeu vidéo	cette chanson	ces jeux vidéo, ces chansons
cet appartement		ces appartements

155

文法補充

將簡單的文法化為清晰表格及簡單說明，讓你文法一看就懂、一懂就會！

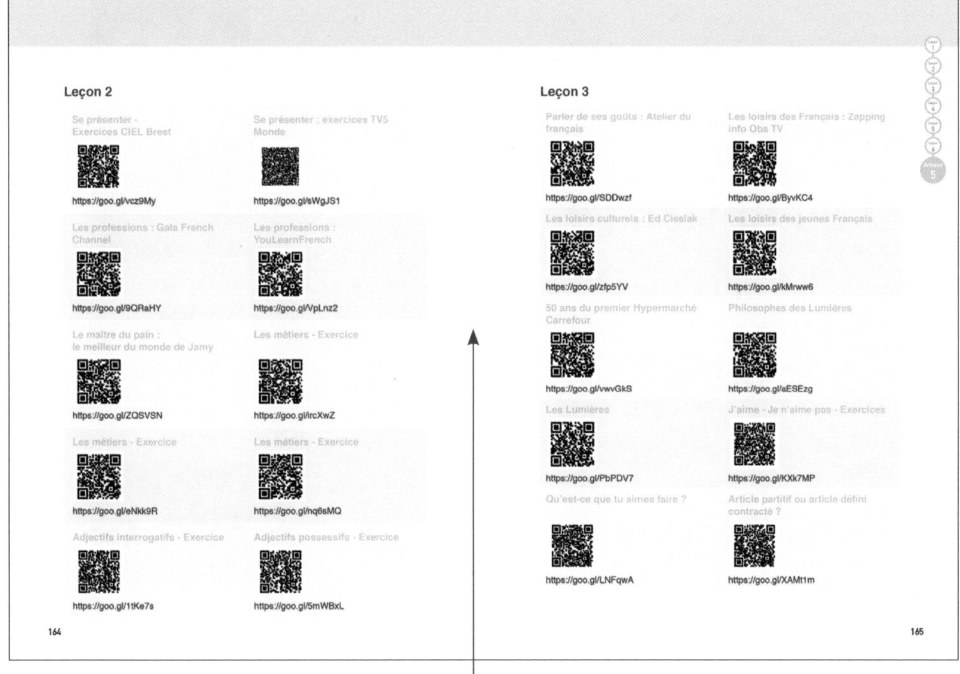

Leçon 2

Se présenter - Exercices CIEL Brest
https://goo.gl/vcz9My

Se présenter : exercices TV5 Monde
https://goo.gl/sWgJS1

Les professions : Gala French Channel
https://goo.gl/9QRaHY

Les professions : YouLearnFrench
https://goo.gl/VpLnz2

Le maître du pain : le meilleur du monde de Jamy
https://goo.gl/ZQSVSN

Les métiers - Exercice
https://goo.gl/ircXwZ

Les métiers - Exercice
https://goo.gl/eNkk9R

Les métiers - Exercice
https://goo.gl/nq6sMQ

Adjectifs interrogatifs - Exercice
https://goo.gl/1tKe7s

Adjectifs possessifs - Exercice
https://goo.gl/5mWBxL

164

Leçon 3

Parler de ses goûts : Atelier du français
https://goo.gl/SDDwzf

Les loisirs des Français : Zapping info Obs TV
https://goo.gl/ByvKC4

Les loisirs culturels : Ed Cieslak
https://goo.gl/zfp5YV

Les loisirs des jeunes Français
https://goo.gl/kMrww6

50 ans du premier Hypermarché Carrefour
https://goo.gl/vwvGkS

Philosophes des Lumières
https://goo.gl/aESEzg

Les Lumières
https://goo.gl/PbPDV7

J'aime - Je n'aime pas - Exercices
https://goo.gl/KXk7MP

Qu'est-ce que tu aimes faire ?
https://goo.gl/LNFqwA

Article partitif ou article défini contracté ?
https://goo.gl/XAMt1m

165

網路學習

作者特別整理網路法國文化影片及練習題，掃描 QR Code 或輸入縮網址，隨時隨地學習法語及文化！

Table des matières 目次

Annexes

Mémo

Leçon 1
Oh là là !

Immersion 法語體驗

Salutations en 6 langues.

MP3 001

Écoutez ! Dans quelles langues sont dites ces salutations ?

chinois	espagnol	italien	anglais	français	japonais

Dialogues 對話

situation conventionnelle

MP3 002

A **Bonjour ! Je m'appelle Martine.**	A：早！我叫 Martine。
B **Bonjour, moi c'est Antoine.**	B：早！我是 Antoine。
A **Comment allez-vous ?**	A：您好嗎？
B **Je vais très bien, merci. Et vous ?**	B：我非常好，謝謝。您呢？
A **Enchantée !**	A：幸會！
B **Enchanté !**	B：幸會！

Dialogue 2 situation familière 1

MP3 003

A Bonjour ! Comment ça va Martine ? A：早！ Martine，妳好嗎？

B Bonjour, je vais très bien, merci. B：早，我很好，謝謝。

Et toi Antoine ? Antoine，你呢？

A Moi aussi, merci ! A：我也很好，謝謝！

Alors, bonne journée ! 祝妳有美好的一天！

B Bonne journée ! B：我也祝你有美好的一天！

Dialogue 3 situation familière 2

MP3 004

A Salut ! Ça va Martine ? A：嗨！ Martine，妳好嗎？

B Salut Antoine ! B：嗨！ Antoine ！

Ça va très bien, merci. Et toi ? 很好，謝謝。你呢？

A Moi aussi, merci ! Allez, à plus ! A：我也很好，謝謝！改天見囉！

B À plus ! B：改天見！

Rythme et intonation 旋律與語調

01 | Bonjour ! Je m'appelle Martine.

02 | Bonjour, moi c'est Antoine.

03 | Comment allez-vous ?

04 | Je vais très bien, merci. Et vous ?

05 | Enchantée !

06 | Enchanté !

07 | Salut Antoine ! Ça va très bien, merci. Et toi ?

08 | Bonne journée !

09 | Moi aussi, merci ! Allez, à plus !

10 | À plus !

Conjugaison 動詞變化

1. être

Je **suis** taïwanais(e) / fan de Mayday.	我是台灣人 / 五月天的歌迷。
Tu **es** au café.	你（妳）在咖啡館。
Il **est** midi / minuit.	中午 12 點。/ 子夜 12 點。
Il **est** étudiant.	他是學生。
Elle **est** avec moi.	她跟我在一起。
Nous **sommes** fatigué(e)s.	我們累了。
Vous **êtes** à Paris ?	您（你們）（妳們）在巴黎嗎？
Ils **sont** chez eux.	他們在家。
Elles ne **sont** pas chez elles.	她們不在家。

✱Mécanique verbale

Je suis étudiant → Nous → chez eux → Tu → fatigué(e) → Il → à Paris → Elle → chez elle.

2. aller

MP3 008

Je **vais** bien.	我很好。
Tu **vas** au gymnase ?	你（妳）去體育館嗎？
Il **va** en France.	他去法國。
Elle ne **va** pas bien.	她不好。
Nous **allons** partir.	我們將要離開。
Vous **allez** à Paris ?	您（你們）（妳們）去巴黎嗎？
Ils **vont** chez eux.	他們回家。
Elles ne **vont** pas chez elles.	她們不回家。

✱Mécanique verbale

Nous allons chez elles → Vous → en France → Ils → bien → Elles → au café ?

Lexique 詞彙

Bonjour！ 早安、你好！
Bonsoir！ 晚上好！
Bonne journée！ 祝你（妳）一天愉快！
Bon après-midi！ 祝你（妳）下午愉快！
Bonne soirée！ 祝你（妳）晚上愉快！
Bonne nuit！ 晚安（睡前説的）！
À plus tard！ 待一會兒見！
À plus！ 待一會兒見！
Bien 好
Très bien 很好
Oh là là！ 我的天啊！

Merci！ 謝謝！
De rien！ 不謝！
Je vous en prie！ 不必客氣！
Au revoir！ 再見！
À bientôt！ 改天見！
À demain！ 明天見！
Salut！ 再見！嗨！
Ça 這個
C'est 這是
Enchanté！Enchantée！ 幸會！
Aussi 也

Grammaire 文法

1. Pronoms toniques et sujets

當主詞的重讀音代名詞 / 人稱代名詞

Moi, je… 我
Toi, tu… 你（妳）
Lui, il… 他
Elle, elle… 她

Nous, nous… 我們
Vous, vous… 您（你們）（妳們）
Eux, ils… 他們
Elles, elles... 她們

文法小解說

法文的人稱代名詞具有多重身分：
(1) 當主詞時一定要置於句首。
(2) 當重讀代名詞時可置於主詞之前作為強調，也可置於介系詞之後。

Exemples :

- A : **Je** suis taïwanais. Et **toi** ?（我是台灣人。你呢？）（**Je**：主詞）
  B : **Moi**, je suis français.（我，我是法國人。）（Moi：重讀音代名詞）
- A : **Toi**, tu es étudiante. Et **lui** ?（妳，妳是學生。他呢？）
  B : **Lui**, il est dentiste.（他，他是牙醫。）
- A : **Vous** allez chez **vous**. Et **eux** ?（你們回家。他們呢？）
  B : **Eux**, **ils** rentrent chez **eux** aussi.（他們，他們也回家。）
- Tu pars avec **nous** ou avec **elle** ?（你跟我們離開或是跟她？）

2. Adjectif masculin / féminin 形容詞陽性 / 陰性

文法小解說

法文的名詞與形容詞有陰陽性之區別，因此學習者要注意並習慣其用法。請參考附錄三其他的形容詞。

Exemples :

- Il est **beau**. （他很帥。）
- Elle est **belle**. （她很漂亮。）
- Ce café est **bon**. （這個咖啡好喝。）
- Cette baguette est **bonne**. （這條長棍麵包好吃。）

3. Comment 如何、怎樣

文法小解說

「comment」是個副詞，用於疑問句。它的意思很多，例如：問對方的名字、跟對方問好、問對方如何付錢、長相如何、詢問如何前往某地等等。

Exemples :

- **Comment** tu t'appelles ? （你（妳）叫什麼名字？）
- **Comment** allez-vous ? （您（你們）（妳們）好嗎？）
- **Comment** payez-vous ? （您（你們）（妳們）怎麼付錢？）
- **Comment** est-elle ? （她長相如何？）
- Tu sais **comment** aller à la tour Eiffel ? （你（妳）知道怎麼去艾菲爾鐵塔嗎？）

Manières de vivre 法國人的生活方式

1. 不懂法語也要會說 Bonjour

「Bonjour」是法國人最常用的寒暄語，除了用於熟悉的朋友之間以外，也可用在不熟悉的人群中。例如：

(1) 在同一個小社區、一棟公寓、宿舍等等，與對方在走廊、電梯、停車場、商店擦肩而過或見面。

(2) 進入任何一家商店，看到老闆或店員，比如麵包店（boulangerie）、肉店（boucherie）、豬肉食品店（charcuterie）、雜貨店（épicerie）、花店（fleuriste）、煙草店（tabac）、書報店（librairie）、藥店（pharmacie）等等。

(3) 與機關的職員談公事或看病，比如銀行（banque）、學校（école）、醫院（hôpital）、保險公司（compagnie d'assurance）等等。

(4) 詢問前，比如在旅遊觀光局（maison de tourisme）、火車站（gare）、旅行社（agence de voyages）、房屋仲介公司（agence immobilière）、圖書館（bibliothèque）、郵局（poste）等等。

(5) 電話裡的第一句話、問路、付款前、入海關前等等。

總之，跟對方說聲「Bonjour」，就能避免彼此對看的尷尬、開啟話題之鎖，拉近人與人之間的距離。若有機會去法國，不妨入境隨俗，說聲「Bonjour」。您的第一句法語就可以用在一踏進法國本土，跟法國的海關人員打招呼，相信他們不會再仔細檢查護照就讓您通關了。

2. 怎麼與法國人打招呼？

法國人的打招呼方式依彼此的熟識度、地區性而有分別，真的要在對方的臉上留下那個代表友誼的親親嗎？其實不然。一般都是用你的右臉碰對方的右臉頰，嘴裡同時發出親吻聲就可以了。若不留意，彼此伸出同一邊就很尷尬，或是臉頰沒碰上卻碰上對方的嘴唇，就更糗了。一般都是親兩下，但是，巴黎人習慣多親一下，而熱情的南部人則親四下。

在公共場合，初次見面的男女、男士甚至女士間都可以彼此握個手，但是，可別將對方的手握得太緊。熟識的男女性朋友不論在室內（辦公室、家裡）或大街、公共場所（電影院、咖啡館、餐廳）都可以親吻對方的臉頰，兩個、三個或四個吻隨各地方的習慣。

彼此熟識的男士，因為很久不見，一旦見面彼此也可以互相擁抱、親臉頰來展現友善。當然，浪漫的情人與恩愛的夫妻見面時都會獻上一個熱吻或是深情之吻在嘴上。

總之，跟法國人的打招呼（Se saluer）方式有：

(1) Lever la main et dire « Salut ! »（舉起手，跟對方打招呼說：「嗨，你好！」）

(2) Se serrer la main（彼此握手）

(3) S'embrasser（彼此親臉頰）

3. Tu（你）或 Vous（您）的稱呼方式

一般而言，長輩或上司對晚輩及下屬之間的相對稱呼可以用下圖表示：

初識或不熟的朋友間也應以「Vous」互相稱呼；熟識之後則可改用「Tu」稱呼對方或上司。

Pratique et activités 口語練習與教學活動

Pratique

MP3 011~022

- Comment se salue-t-on à Taïwan ?
  （在台灣我們如何打招呼？）
- Est-ce que tu utilises « vous » dans ta langue maternelle ?
  À quelles occasions ?
  （在你的母語裡，你是否用「您」稱呼對方？在什麼情況之下？）
- Est-ce que ça t'arrive de faire la bise à quelqu'un de proche ? À qui ?
  （你是否曾與你的某位親人以親吻的方式打招呼？跟誰？）
- Est-ce que parfois tu serres la main à quelqu'un ? À qui ?
  （你是否有時跟某人以握手的方式打招呼？跟誰？）
- Comment tu t'appelles ?
- Comment ça va ?
- Ça va bien ?
- Est-ce que tu es étudiant(e) ?
- Qu'est-ce que tu fais dans la vie ?
- Tu es chinois(e), japonais(e) ou taïwanais(e) ?
- Tu vas bien ?
- Tu n'es pas fatigué(e) ?

Activités

1. Jouer un des 3 dialogues.

2. Trouver la bonne réponse.

1 - Comment ça va ?
2 - Comment tu t'appelles ?
3 - Vous allez au café ?
4 - Tu es fatigué ?
5 - Au revoir !
6 - Ce café est bon.

A - Oui, avec Marie.
B - Non, je suis en forme.
C - Ça va très bien, merci. Et vous ?
D - Oui, il est très bon.
E - Je m'appelle Paula.
F - À bientôt !

1	2	3	4	5	6

3. Comment s'appellent-ils ?

1

Un panda
Yéyé

- C'est...
- Il s'appelle...

2

Une girafe
Lagrande

- C'...
- Elle...

3

Un éléphant
Patapouf

- C'...
- Il...

4

Une grenouille
Reinette

- C'...
- Elle...

Mots croisés 找字遊戲

Retrouvez dix mots de la leçon.

C	X	M	W	P	C	Z	A	Q	P
Q	B	O	N	J	O	U	R	L	T
Z	M	I	A	P	M	G	V	E	O
A	P	A	K	S	M	E	R	C	I
B	L	J	B	I	E	N	W	H	K
O	U	V	E	J	N	E	J	A	L
Y	S	A	L	U	T	B	M	U	J
I	D	M	C	L	E	F	A	S	T
A	L	L	E	Z	I	J	R	S	U
F	O	K	K	U	D	Y	N	I	M

1 : ....

2 : ....

3 : ....

4 : ....

5 : ....

6 : ....

7 : ....

8 : ....

9 : ....

10 : ....

Quizz 益智問答

Lequel de ces animaux est le symbole de la France ?

1

aigle

2

abeille

3

hérisson

4

coq

Mémo

Leçon 2

D'où tu viens ?

Immersion 法語體驗

Où sommes-nous ? (Choisissez le bon numéro.)

1

2

3

4

Dans un café	Dans une banque	Dans une gare	Dans un restaurant

Dialogues 對話

Dialogue 1 situation conventionnelle

MP3 023

A Je m'appelle Alain.	A：我叫 Alain。
B Moi, c'est Julia.	B：我叫 Julia。
A Quelle est votre nationalité ?	A：妳是哪一國人？
B Je suis taïwanaise, et vous ?	B：我是台灣人，您呢？
A Moi, je suis français.	A：我是法國人。

Dialogue 2 situation familière 1

MP3 024

A Qu'est-ce que tu fais dans la vie ?	A：妳從事什麼工作？
B Je suis secrétaire. Et toi ?	B：我是祕書。你呢？
A Moi, je suis journaliste !	A：我是記者！
B Oh là là ! À la télé ?	B：Oh là là ！在電視台嗎？

Dialogue 3 situation familière 2

MP3 025

A Tu habites où ?	A：你住哪裡？
B J'habite à Taipei. Et toi, tu viens d'où ?	B：我住台北。你呢，你從哪裡來？
A Moi, je viens de Paris, mais maintenant j'habite à Taipei !	A：我從巴黎來， 但是現在我住台北！
B Tu as des frères et sœurs ?	B：你有兄弟姊妹嗎？
A J'ai deux sœurs .	A：我有兩個姊姊（妹妹）。
B Elles ont quel âge ?	B：她們是幾歲呢？
A 20 et 18 ans.	A：20 和 18 歲。

Rythme et intonation 旋律與語調

01 | Je m'appelle Alain.

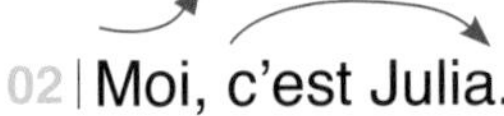

02 | Moi, c'est Julia.

03 | Quelle est votre nationalité ?

04 | Je suis taïwanaise, et vous ?

05 | Moi, je suis français.

06 | Qu'est-ce que tu fais dans la vie ?

07 | À la télé ?

08 | J'habite à Taipei. Et toi, tu viens d'où ?

09 | Moi, je viens de Paris, mais maintenant j'habite à Taipei !

10 | Tu as des frères et sœurs ?

Conjugaison 動詞變化

1. Avoir

MP3 027

J'**ai** 18 ans.	我 18 歲。
Tu **as** deux sœurs.	你（妳）有兩個姊姊（妹妹）。
Il **a** faim ?	他餓了嗎？
Elle **a** soif.	她口渴了。
Nous **avons** une voiture.	我們有一部車。
Vous **avez** raison.	您（你們）（妳們）有理。
Ils n'**ont** pas d'argent.	他們沒有錢。
Elles n'**ont** pas de chance.	她們運氣不好。

✻ Mécanique verbale

J'ai raison → Nous → faim → Tu → de l'argent → des frères et sœurs ? → Ils → de la chance !

MP3 028

2. Habiter

MP3 029

J'**habite** à Taipei.	我住在台北。
Tu **habites** où ?	你（妳）住在哪兒？
Il **habite** chez ses parents.	他住在父母親家。
Elle n'**habite** pas seule.	她不是一個人住。
Nous **habitons** à Taïwan.	我們住在台灣。
Vous n'**habitez** pas aux États-Unis.	您（你們）（妳們）不住在美國。
Ils **habitent** au Japon.	他們住在日本。
Elles **habitent** en France.	她們住在法國。

✻ Mécanique verbale

Il habite à Paris → Elles → aux États-Unis → Vous ? → chez vos parents ? → seul(e) ?

MP3 030

3. Faire

MP3 031

Je **fais** la cuisine.	我做菜。
Tu **fais** du yoga ?	你（妳）做瑜珈嗎？
Il **fait** ses devoirs.	他做功課。
Elle **fait** de l'accordéon.	她拉手風琴。
Nous **faisons** de la politique.	我們從政。
Vous **faites** quoi dans la vie ?	您（你們）（妳們）做什麼工作？
Ils ne **font** rien.	他們什麼都不做。
Elles ne **font** jamais le ménage.	她們從不做家事。

✳ Mécanique verbale

Elle fait de la politique → Nous → jamais le ménage → Vous → la cuisine → vos devoirs ? → Il → quoi dans la vie ?

4. Venir

Je **viens** de déjeuner.	我剛吃過中飯。
Tu **viens** au café avec moi ?	你（妳）跟我去咖啡館嗎？
Il ne **vient** pas manger ce soir.	他晚上不來吃飯。
Elle **vient** seule.	她一個人來。
Nous **venons** de Nice.	我們從尼斯來的。
Vous **venez** à Lyon avec moi ?	您（你們）（妳們）跟我去里昂嗎？
Ils **viennent** chez moi.	他們來我家。
Elles ne **viennent** pas souvent ici.	她們不經常來這裡。

✳ Mécanique verbale

Je viens de Nice → Elles → manger ce soir → Nous → de déjeuner → vous → au café avec nous ?

venir 翻譯成中文時，有兩種意思：「去」、「來」。

(1) venir 中文意思為「去」時，常表示某人想去做某件事時，邀請他人一起來。

- Tu viens au cinéma avec moi ? 你跟我一起去看電影嗎？

(2) venir 中文意思為「來」時，表示某人已經在某個地方，希望他人來會合。

- Vous venez à quelle heure chez moi ? 你幾點來我家？

Lexique 詞彙

1. Professions (masculin / féminin) 職業（陽性 / 陰性）MP3 035

masculin		féminin	
C'est un étudiant.	Il est étudiant.	C'est une étudiante.	Elle est étudiante.
un professeur 教授	professeur	une professeure	professeure
un journaliste 記者	journaliste	une journaliste	journaliste
un guide 導遊	guide	une guide	guide
un secrétaire 祕書	secrétaire	une secrétaire	secrétaire
un médecin 醫生	médecin	une femme médecin	médecin
un avocat 律師	avocat	une avocate	avocate
un pianiste 鋼琴家	pianiste	une pianiste	pianiste
un styliste 設計師	styliste	une styliste	styliste
un directeur 主任	directeur	une directrice	directrice
un chanteur 歌手	chanteur	une chanteuse	chanteuse
un danseur 舞者	danseur	une danseuse	danseuse
un coiffeur 理髮師	coiffeur	une coiffeuse	coiffeuse
un boulanger 麵包師	boulanger	une boulangère	boulangère
un musicien 音樂家	musicien	une musicienne	musicienne
un cuisinier 廚師	cuisinier	une cuisinière	cuisinière

2. Nationalités (masculin / féminin) 國籍（陽性 / 陰性）

Il / Elle est...

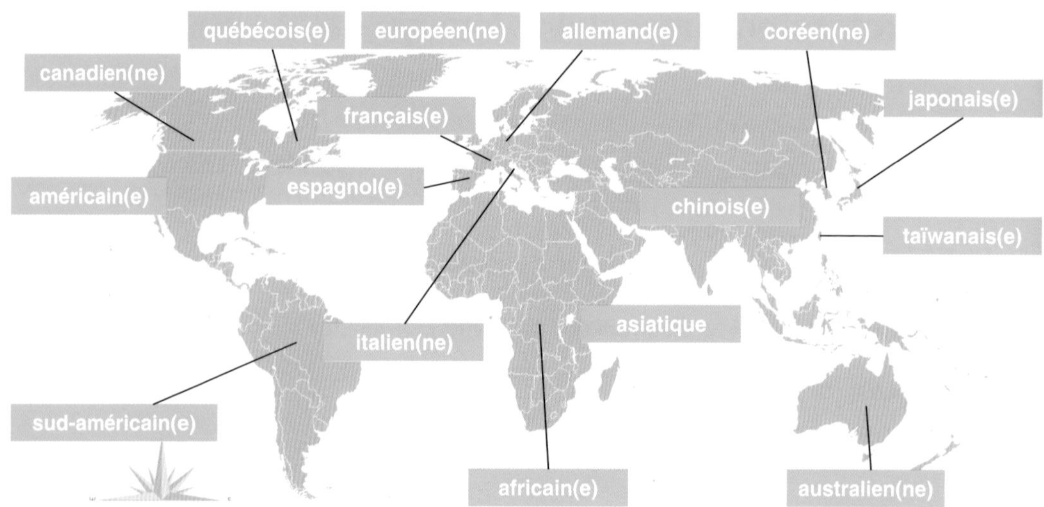

3. Lieu d'habitation 居住地

Il / Elle habite...

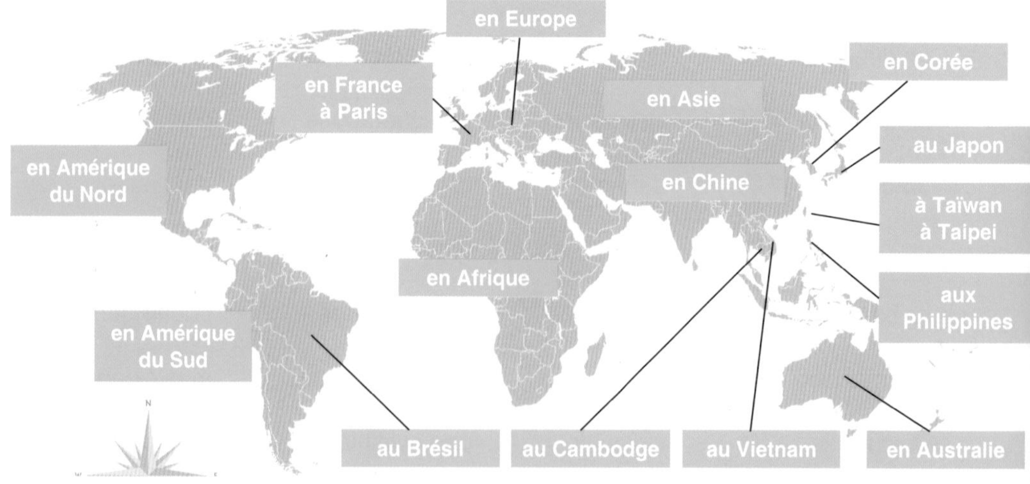

Grammaire 文法

1. Niveaux de langue 語言層次

文法小解說

什麼是法語語言層次？在表達法文時，不論是詞彙或句型都要分清楚口語用法與書寫用法。一般而言，法語分三個語言層次：典雅法語（langue soutenue）、標準法語（langue standard）及口語法語（langue familière）。當然還有較俚俗之用法，在本教材就先省略。

Exemples :

- **Que faites-vous** dans la vie ?（您從事什麼職業？）
  →典雅法語（langue soutenue）：主詞與動詞對調位置。
- **Qu'est-ce que vous faites** dans la vie ?（您從事什麼工作？）
  →標準法語（langue standard）：加上表疑問詞的句型，主詞與動詞位置不變。
- **Vous faites quoi** dans la vie ?（你做什麼工作？）
  →口語法語（langue familière）：在平述句結尾加疑問詞符號。

- **Où habitez-vous ?**（您住在什麼地方？）
  →典雅法語（langue soutenue）：主詞與動詞對調位置。
- **Où est-ce que** vous habitez ?（您住在什麼地方？）
  →標準法語（langue standard）：加上表疑問詞的句型，主詞與動詞位置不變。
- Vous habitez **où** ?（您住在什麼地方？）
  →口語法語（langue familière）：在平述句結尾加疑問詞符號。

2. Adjectifs interrogatifs 疑問形容詞

Quel, Quelle, Quels, Quelles 哪一……？

文法小解說	疑問形容詞用於修飾名詞，置於名詞之前，問人、事、物、地，有陰陽性單複數之分。「Quel」是陽性，「Quelle」是陰性，「Quels」是陽性單數、「Quelles」是陰性複數。

Exemples :

- **Quel** est ton prénom ? （你（妳）的名字是什麼？）
- **Quel** est son numéro de téléphone ? （他（她）的電話是幾號？）
- **Quel** est leur style de musique préféré ? （他們喜歡哪一種音樂？）
- **Quelle** est votre nationalité ? （您是哪一國人？）
- **Quelle** est votre profession ? （您的職業是什麼？）
- **Quels** genres de films aimez-vous ? （您(你們)(妳們)喜歡哪些種類的電影？）
- **Quels** sont leurs sports préférés ? （他（她）們比較喜歡哪些種類的運動？）
- **Quelles** chanteuses préfères-tu ? （你（妳）比較喜歡哪些女歌手？）

3. Adjectifs possessifs 所有格形容詞

mon, ma, mes（我的）、ton, ta, tes（你（妳）的）、son, sa, ses（他（她）的）、notre, nos（我們的）、votre, vos（你（妳）們的）、leur, leurs（他（她）們的）

文法小解說　所有格形容詞有陰陽性單複數之分，用於修飾名詞，置於名詞之前。

Exemples :

- C'est **mon** portable.　（這是我的手機。）
- C'est **ton** adresse email ?　（這是你（妳）的電子郵件嗎？）
- C'est **son** identifiant ?　（這是他的 ID 號碼嗎？）
- C'est **sa** chanteuse préférée.　（這是他（她）比較喜歡的女歌手。）
- Ce n'est pas **leur** voiture.　（這不是他們（她們）的車子。）
- Ce sont **nos** amis.　（這些是我們的朋友。）

4. Phrases interrogatives 疑問句

Qu'est-ce que... ? 什麼……？　Est-ce que... ? 是不是……？
Où... ? 什麼地方……？　D'où... ? 從什麼地方……？

文法小解說　有很多種類的疑問句型，可用於問人、事、物、地。在本課我們只提出四種用法。

Exemples :

- **Qu'est-ce que** tu fais dans la vie ?　（你從事什麼工作？）
- **Qu'est-ce qu'**il aime ?　（他喜歡什麼？）
- **Qu'est-ce qu'**elles n'aiment pas ?　（她們不喜歡什麼？）
- **Est-ce que** vous êtes français ?　（你們是不是法國人？）
- **Est-ce qu'**elle est fatiguée ?　（她累了嗎？）

- **Est-ce qu'**ils vont bien ?　（他們好嗎？）
- **Est-ce que** tu vas tous les jours sur Facebook ?　（你（妳）是否每天看臉書？）
- **Où** habitez-vous ?　（您（你們）（妳們）住在什麼地方？）
- **D'où** vient-elle ?　（她從什麼地方來？）
（venir de 從什麼地方來？）

5. Au, aux, en ＋ noms de pays

文法小解說

法文表國家的名詞有陰陽性之分，例如：法國「La France」、中國「La Chine」、日本「Le Japon」、巴西「Le Brésil」、美國「Les États-Unis」，因此要表達「在哪個國家」、「前往哪個國家」或「從哪個國家來」都有不同的「介詞」與國名配合。

Exemples :

(1) En ＋**陰性國名**

- Je suis (vais) **en** France. / **en** Espagne. / **en** Italie. / **en** Corée.
（我在（去）法國 / 西班牙 / 義大利 / 韓國。）

(2) Au ＋**陽性單數國名**

- Il est (va) **au** Japon. / **au** Canada. / **au** Brésil.
（他在（去）日本 / 加拿大 / 巴西。）

(3) Aux ＋**陽性複數國名**

- Nous sommes (allons) **aux** États-Unis. / **aux** Philippines.
（我們在（去）美國 / 菲律賓。）

(4) Cas particulier : à

- **à** Taïwan, **à** Singapour, **à** Hawaï, **à** Hong-kong, **à** Cuba
（在台灣、新加坡、夏威夷、香港、古巴）

Manières de vivre 法國人的生活方式

1. 不要隨便問法國人的一些私人問題

與法國人交談時千萬不要對他們的私事太好奇，尤其不要立即問對方以下這些問題：「您幾歲？」（Quel âge avez-vous ?）（尤其不應該問女生這個問題）、「您結婚了嗎？」（Êtes-vous marié(e) ?）、「您有沒有男（女）朋友？」（Avez-vous un(e) petit(e) ami(e) ?）、「您一個月賺多少錢？」（Combien gagnez-vous par mois ?）等等。

2. 法國是個民族大鎔爐的國家

法國共有六千五百萬人（2018 年），四千八百萬人住在城裡，而有一千七百萬人住在小鎮。法國本土有多少不同國籍的外國人？根據統計在 1851 年有三十八萬的外國人、1900 年有一百萬人、1930 年有三百萬人，截至 2015 年有三百五十萬人。這些外國人包括阿爾及利亞人、摩洛哥人、突尼西亞人、葡萄牙人、義大利人、西班牙人、土耳其人、波蘭人、越南人、高棉人等等。

Pratique et activités 口語練習與教學活動

Pratique

- Quelle est ta nationalité ?
- Est-ce que tu es taïwanais(e) ?
- Qu'est-ce que tu fais dans la vie ?
- Tu es journaliste ?
- Où tu habites ?
- Tu viens de quel pays ?
- Est-ce que tu as des frères et sœurs ?
- Quel âge as-tu ?
- Est-ce que tu as faim ou soif ?
- Est-ce que tu fais la cuisine ?
- Tu fais souvent le ménage chez toi ?
- Tu fais du sport ? Quel sport ?
- Quel est ton chanteur préféré ?
- Quelle est ta chanteuse préférée ?
- Quelle est ton adresse email ?

Activités

1. Trouver la bonne réponse.

1 - D'où venez-vous ?
2 - Quelle est votre nationalité ?
3 - Tu as quel âge ?
4 - Qu'est-ce que vous faites dans la vie ?
5 - Où habitez-vous ?
6 - Êtes-vous marié(e) ?

A - Je suis étudiante.
B - Je viens de Barcelone.
C - J'habite à Taipei.
D - Non, je suis célibataire.
E - Je suis taïwanaise.
F - J'ai dix-neuf ans.

1	2	3	4	5	6

2. Quelle est leur profession ?

- serveur / serveuse
- policier / policière
- infirmier / infirmière
- cuisinier / cuisinière
- journaliste / journaliste

1

Il...

2
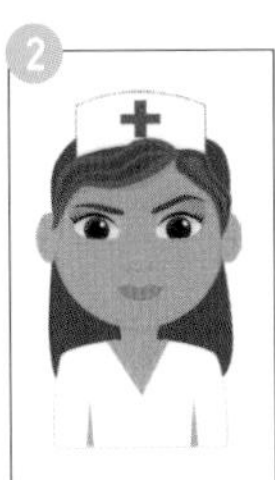
Elle...

3

Il...

4

Il...

5

Elle...

Mots croisés 找字遊戲

Retrouvez dix mots de la leçon.

A	K	I	Q	U	E	L	L	E	S
L	B	J	L	P	A	O	W	P	O
S	E	C	R	E	T	A	I	R	E
X	I	T	F	H	D	R	V	F	U
Z	F	R	A	N	C	A	I	S	R
Q	C	W	I	H	Y	L	E	B	S
M	I	D	S	U	F	K	N	E	M
E	N	F	R	E	R	E	S	Y	N
A	G	E	Z	V	I	E	X	G	H
S	H	A	B	I	T	E	S	M	V

1 : ....
2 : ....
3 : ....
4 : ....
5 : ....
6 : ....
7 : ....
8 : ....
9 : ....
10 : ....

Quizz 益智問答

Quelle est la ville la plus ancienne de France ?

1

Paris

2

Lyon

3

Bordeaux

4

Marseille

Leçon 3

Ça te plaît ?

JEUNE FEMME A KURASHIKI

Immersion 法語體驗

Tu aimes... ?

1

Les voitures de sport

2

Le cinéma

3

La randonnée pédestre

4

Le basketball

Dialogues 對話

Dialogue 1 situation conventionnelle

MP3 053

A Vous aimez les voitures de sport ?	A：您喜歡跑車嗎？
B Oui, j'adore !	B：喜歡，我熱愛跑車！
A Et le sport ?	A：那運動呢？
B J'aime bien la randonnée pédestre.	B：我很喜歡到郊外走路。
A Moi, j'aime beaucoup le basketball.	A：我呢，我非常喜歡籃球。

Dialogue 2 situation familière 1

A Le cinéma, ça te plaît ?	A：妳喜歡電影嗎？
B Oui, beaucoup.	B：非常喜歡。
Je vais souvent voir des films.	我常常去看電影。
A Moi, je regarde les films à la télé.	A：我呢，我看電視上的電影。
B À la télé ? Moi, je préfère	B：在電視上？我呢，
le cinéma à la télé !	我比較喜歡去電影院看電影！

Dialogue 3 situation familière 2

A Tu aimes la cuisine française ?	A：妳喜歡法國菜嗎？
B Oui, mais à Taipei, les restaurants	B：喜歡，但是在台北
français sont un peu chers.	法國餐廳有點貴。
A Ce n'est pas pour les étudiants !	A：這不是給學生的！
B Je ne vais pas souvent au restaurant,	B：我不常去餐廳，
je préfère cuisiner moi-même.	我比較喜歡自己做菜。
A Oh là là ! Tu sais cuisiner ?	A：Oh là là ！妳會做菜嗎？
B Je cuisine pas mal.	B：我做得不好。
Un petit bœuf bourguignon,	我們來一道紅酒燉牛肉，
ça te plaît ?	你喜歡嗎？
A Va pour un bœuf bourguignon !	A：就來吃這一道菜吧！

Rythme et intonation 旋律與語調

01 | Vous aimez les voitures de sport ?

02 | Oui, j'adore !

03 | Et le sport ?

04 | J'aime bien la randonnée pédestre.

05 | Moi, j'aime beaucoup le basketball.

06 | Le cinéma, ça te plaît ?

07 | Oui, beaucoup. Je vais souvent voir des films.

08 | Je ne vais pas souvent au restaurant,

je préfère cuisiner moi-même.

09 | Je cuisine pas mal. Un petit bœuf bourguignon, ça te plaît ?

10 | Va pour un bœuf bourguignon !

Conjugaison 動詞變化

1. Aimer

MP3 057

J'aime le sport / la musique / les glaces.	我喜歡運動 / 音樂 / 冰淇淋。
Tu l'aimes ?	你（妳）愛他（她）嗎？
Il aime jouer du piano / de la guitare / de l'harmonica.	他喜歡彈鋼琴 / 吉他 / 吹口琴。
Elle aime les enfants / les voyages / les romans.	她喜歡孩子 / 旅行 / 小說。
Nous aimons faire la cuisine / aller au cinéma / jouer au football.	我們喜歡做菜 / 去看電影 / 踢足球。
Vous aimez voyager / lire / travailler ?	您（你們）（妳們）喜歡旅行 / 閱讀 / 工作嗎？
Ils aiment sortir / rester à la maison / se promener.	他們喜歡外出 / 留在家裡 / 散步。
Elles n'aiment pas sortir / rester à la maison / se promener.	她們不喜歡外出 / 留在家裡 / 散步。

❋Mécanique verbale
Il aime voyager → Nous → les enfants → Elles → le sport → Tu ? → Je n'aime pas → jouer au football → Vous → travailler.

MP3 058

2. Plaire à qqn / Se plaire

MP3 059

Je lui plais ?	他（她）喜歡我嗎？
Tu plais beaucoup à Valérie.	Valérie 很喜歡你。
Il ne me plaît pas.	我不喜歡他（或東西）。
Elle plaît aux garçons.	所有男孩都喜歡她。
Nous nous plaisons beaucoup ici.	我們很喜歡這裡。

Vous **vous plaisez** à ne rien faire.	您（你們）（妳們）喜歡什麼事都不做。
Ils me **plaisent** énormément.	我非常喜歡他們。
Elles te **plaisent** ?	你喜歡她們（或東西）嗎？

✻Mécanique verbale
Vous plaisez beaucoup à Valérie → Il → se plaire ici → Je → à ne rien faire → à mon travail.

MP3 060

3. Adorer

MP3 061

J'**adore** le chocolat / les gâteaux / la cuisine japonaise.	我超愛吃巧克力 / 蛋糕 / 日本料理。
Tu **adores** plaisanter / te moquer de moi / faire des bêtises.	你（妳）超愛開玩笑 / 嘲笑我 / 做蠢事。
Il **adore** les enfants / le rap / la musique pop.	他超愛孩子 / 饒舌歌 / 流行音樂。
Elle **adore** voyager / photographier / skier.	她熱愛旅行 / 攝影 / 滑雪。
Nous **adorons** le karaoké / la valse / le tango.	我們熱愛卡拉 ok / 華爾茲 / 探戈。
Vous **adorez** quoi exactement ?	您（你們）（妳們）究竟熱愛什麼？
Ils **adorent** parler / bavarder / se chamailler.	他們超愛說話 / 聊天 / 爭吵（吵吵鬧鬧）。
Elles **adorent** les plaisanteries / les moqueries / les bêtises.	她們超愛笑話 / 嘲笑的話 / 蠢話。

✻Mécanique verbale
J'adore le chocolat → les bonbons → Nous → chanter → Tu → bavarder → Elle → la valse → Vous → les plaisanteries.

4. Préférer

MP3 063

Je **préfère** le chocolat aux gâteaux.	我比較喜歡吃巧克力勝於蛋糕。
Tu **préfères** le thé ou le café ?	你（妳）比較喜歡喝茶或喝咖啡？
Il **préfère** regarder des films à la télé.	他比較喜歡看電視上播的影片。
Elle **préfère** ne pas sortir ce soir.	她今晚比較不喜歡出門。
Nous **préférons** aller à la montagne.	我們比較喜歡去山上。
Vous **préférez** étudier ou travailler ?	您(你們)(妳們)比較喜歡唸書還是工作?
Ils **préfèrent** sortir avec des amis.	他們比較喜歡跟朋友出門。
Elles **préfèrent** manger au restaurant.	她們比較喜歡在餐廳吃飯。

✽Mécanique verbale
Je préfère les gâteaux → Nous → regarder des films → ne pas sortir ce soir → Elle → manger au restaurant → Tu → sortir avec des amis → étudier ou travailler ?

5. Savoir

Je **sais** nager / conduire / lire la musique.	我會游泳 / 開車 / 看樂譜。
Tu **sais** comment aller à la gare ?	你（妳）知道如何去火車站嗎？
Il ne **sait** pas pourquoi il étudie.	他不知道他為什麼要唸書。
Elle **sait** où tu habites ?	她知道你（妳）住哪裡嗎？
Nous **savons** faire la cuisine.	我們會做菜。
Vous **savez** comment il s'appelle ?	您（你們）（妳們）知道他叫什麼名字嗎?
Ils ne **savent** pas où aller.	他們不知道去哪裡。
Elles **savent** bien parler le français.	她們會說法文說得很好。

✽Mécanique verbale
Tu sais faire la cuisine → Nous → comment aller à la gare → Ils → où tu habites → Je → où aller → Vous → bien parler le français → jouer aux échecs ?

Lexique 詞彙

Les sports 運動
Faire du, de l', de la + un sport
做運動

MP3 067

- faire du basketball 打籃球
  du football 踢足球
  du tennis 打網球
  du vélo 騎腳踏車
  du judo 練柔道
  du roller 溜直排輪
  du skateboard 滑滑板
  du ski 滑雪
  du jogging 慢跑

- faire de la natation 游泳
  de la gymnastique 做體操
  de la boxe 打拳擊

- faire de l'exercice 肢體伸展（動一動）
  de l'équitation 騎馬
  de l'escrime 玩西洋劍
  de l'haltérophilie 舉重
  de l'escalade 爬山

Les activités 活動

MP3 068

- voyager 旅行
- sortir 出去

- aller au cinéma 去看電影
  au théâtre 去看戲
  au concert 去聽音樂會
  au musée 去博物館
  à l'Opéra 去歌劇院

- se promener dans un parc
  公園散步

Les activités de pleine nature
大自然活動

- aller à la montagne 去山上
  à la campagne 去鄉下
  à la mer 去海邊
  à la plage 去海灘

- faire de la randonnée pédestre
  徒步步行

MP3 069

Les instruments de musique 樂器
jouer du, de l', de la ＋ un instrument de musique 彈樂器

- jouer du piano 彈鋼琴
  du violon 拉小提琴
  du saxophone 吹薩克斯風
- jouer de la guitare 彈吉他
  de la batterie 打鼓
  de la flûte 吹長笛
- jouer de l'harmonica 吹口琴
  de l'accordéon 拉手風琴

MP3 070

Les styles de musique 音樂曲風

la musique classique 古典音樂
la musique moderne 現代音樂
le jazz 爵士樂
le rock 搖滾
le rap 饒舌
la musique électronique
(l'électro, la techno) 電子音樂
la pop 流行音樂
la musique traditionnelle 傳統音樂
la musique folklorique 民俗音樂

Les couleurs 顏色

MP3 071

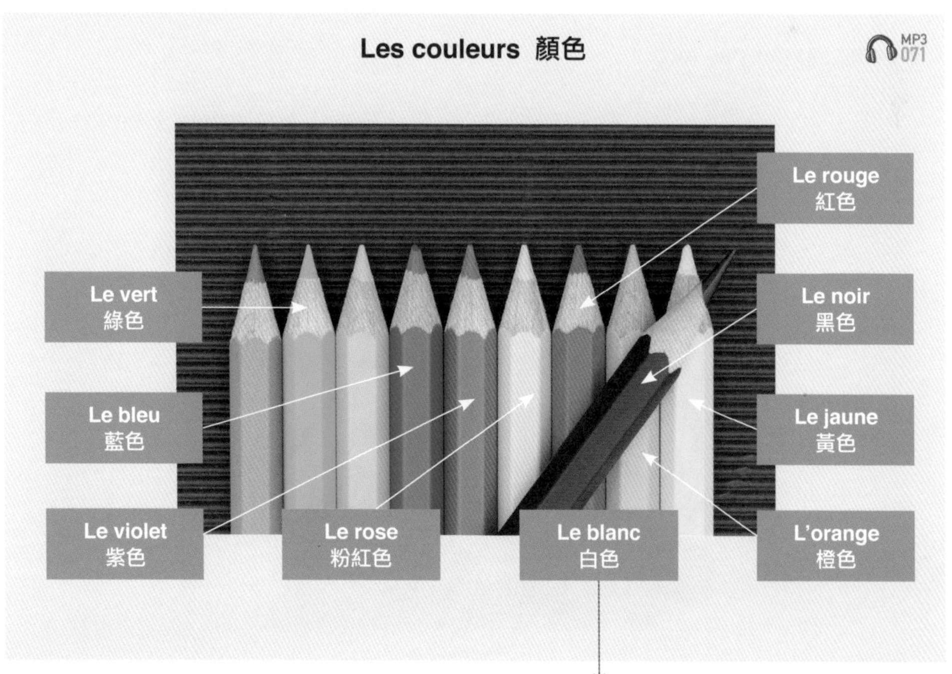

Grammaire 文法

1. Aimer, adorer, préférer, détester, savoir ＋ verbes à l'infinitif

文法小解說	法文句中的第一個動詞必須隨主詞變化，至於第二個動詞則可以用不定式的動詞，一般最多可以接兩個。

Exemples :

- J'**aime regarder** la télévision le soir. （我喜歡每天晚上看電視。）
- Il **adore chanter** et **danser**. （他熱愛唱歌及跳舞。）
- Nous **préférons aller** à la mer. （我們比較喜歡去海邊。）
- Elle **déteste lire**. （她討厭閱讀。）
- **Sais**-tu **jouer** d'un instrument de musique ? （你會彈一種樂器嗎？）
- Ils ne **savent** pas **nager**. （他們不會游泳。）

2. Aimer un peu / assez / bien / beaucoup / adorer

文法小解說	Aimer 動詞有兩個意思：喜歡與愛。

Exemples :

- Je t'**aime**. （我愛你（妳）：情人之間對感情之表達。）
- Je t'aime **un peu**. （我愛你（妳）一點。）
  - **beaucoup**. （我很愛你（妳）。）
  - **passionnément**. （熱情地愛你（妳）。）
  - **à la folie**. （瘋狂地愛你（妳）。）
  - **pas du tout**. （一點也不愛你（妳）。）

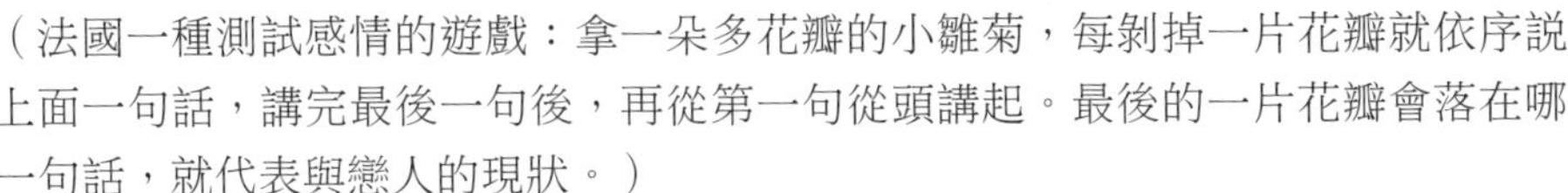

（法國一種測試感情的遊戲：拿一朵多花瓣的小雛菊，每剝掉一片花瓣就依序說上面一句話，講完最後一句後，再從第一句從頭講起。最後的一片花瓣會落在哪一句話，就代表與戀人的現狀。）

- Sophie, je t'**aime bien (beaucoup)**.
  （Sophie 我很喜歡妳：對朋友所表達的友誼。）
- Il **aime un peu** le sport. （他喜歡一點運動。）
- Elle **aime assez** sortir / boire / voyager. （她相當喜歡出門 / 喝酒 / 旅行。）
- Nous **aimons bien** le jazz / les voyages. （我們很喜歡爵士樂 / 旅行。）
- Ils n'**aiment** pas **beaucoup** la viande. （他們不是很喜歡吃肉。）
- J'**adore** la musique. （我熱愛音樂。）

3. Souvent（經常）、rarement（很少）、parfois（有時候）、toujours（總是）、tout le temps（老是）、Ne... jamais（從不）

文法小解說

表達做事的次數、頻率。

Exemples :

- Je vais **souvent** au parc.（我經常去公園。）
- Il fait **rarement** la cuisine.（他很少做菜。）
- Nous écoutons **parfois** la radio.（我們有時候聽收音機。）
- Vous prenez **toujours** le TGV pour aller à Avignon ?
（您（你們）（妳們）總是搭 TGV 去亞維儂嗎？）
- Didier aime la lecture, il est **tout le temps** dans les librairies / à la bibliothèque.
（Didier 喜歡閱讀，他老是在書店 / 圖書館。）
- Elles **ne** vont **jamais** à l'église.（她們從不去教堂。）

4. Articles indéfinis（不定冠詞）：un / une / des

文法小解說

法文的不定冠詞分陰陽性與單複數，置於名詞之前的限定詞（déterminant）。
其用法如下：
(1) 置於可數的名詞之前，意思是一個或數個。
(2) 第一次提到的人、事、物、地。
不定冠詞用於否定句裡時，以「de (d')」代替 un、une、des。但也有例外。

Exemples :

- C'est **un** site Internet.（這是一個網站。）

  → 否定：Ce **n'**est **pas un** site Internet.

- C'est **un** jeu sur Internet.（這是網站上的一個遊戲。）

  → 否定：Ce **n'**est **pas un** jeu sur Internet.

- C'est **une** photo de moi.（這是一張我的相片。）

  → 否定：Ce **n'**est **pas une** photo de moi.

- As-tu **des** chansons préférées ?（你是否有一些比較喜歡的歌曲？）

  → 否定：Non, je **n'**ai **pas de** chansons préférées.

- Je vais au concert avec **des** amis.（我跟一些朋友去聽音樂會。）

- Nous **n'**avons **pas de** magazine français.（我們沒有法國雜誌。）

- Il **n'**y a **pas de** fast-food près d'ici.（在這附近沒有速食店。）

5. Articles définis（定冠詞）：le / l' / la / les

文法小解說

法文的定冠詞分陰陽性與單複數，置於名詞之前的限定詞（déterminant）。

其用法如下：

(1) 置於可數與不可數的名詞之前。

(2) 提到眾所周知的人、事、物、地。

(3) 表達對一般事物喜好與厭惡之程度，而不管其數量。

(4) 置於國名、民族、語言的名詞之前。

(5) 置於顏色名詞之前。

定冠詞用於否定句裡時，保留原來的定冠詞 le、la、l'、les。

Exemples :

• Il adore **les** voitures de sport.

（他熱愛跑車。）

（可數名詞之前，表達對一般事物喜好與厭惡之程度。）

• Nous adorons **la** musique pop / **le** rap / **l'**électro.

（我們熱愛法國流行音樂、饒舌歌、電子音樂。）

（置於不可數名詞之前，表達對一般事物喜好與厭惡之程度。）

• Tu aimes **le** café ?

→ 否定：Tu n'aimes pas beaucoup **le** café.

（你喜歡喝咖啡嗎？）

（不可數名詞之前，表達對一般事物喜好與厭惡之程度。）

• J'aime beaucoup **la** Tour Eiffel.

→否定：Je n'aime pas beaucoup **la** Tour Eiffel.

（我很喜歡艾菲爾鐵塔。）

（提到眾所周知的地點。）

• Elle préfère **la** France, **les** Français, **le** français.

（她比較喜歡法國、法國人、法文。）

（置於國名、民族、語言的名詞之前。）

• Ils détestent **le** rouge.

（他們討厭紅色。置於顏色名詞之前。）

• Elles n'aiment pas **le** rose.

（她們不喜歡粉紅色。）

6. Articles partitifs（部份冠詞）：du / de l' / de la / des

文法小解說

法文的部份冠詞分陰陽性與單複數，置於名詞之前的限定詞（déterminant）。

其用法如下：

(1) 置於不可數或抽象的名詞之前。

(2) 置於不可數的名詞之前，表示其名詞的一部分。

不定冠詞用於否定句裡時，以「de (d')」代替 du、de l'、de la、des。

Exemples :

• Ils jouent **de la** musique.

→ 否定：Ils **ne** jouent **pas de** musique.

（他們彈奏音樂。）

（置於不可數的名詞之前。）

• Elle a **de la** chance.

→ 否定：Elle **n'**a **pas de** chance.

（她運氣好。）

（置於抽象的名詞之前。）

• Nous mangeons **du** riz.

→ 否定：Nous **ne** mangeons **pas de** riz.

（我們吃米飯。）

（置於不可數的名詞之前，表示一部分。）

• Je bois souvent **du** thé.

→ 否定：Je **ne** bois **pas** souvent **de** thé.

（我經常喝茶。）

（置於不可數的名詞之前，表示一部分。）

7. Articles contractés（合併冠詞）

à + le → au　　　　à + les → aux

de + le → du　　　　de + les → des

文法小解說　法文的合併冠詞是由介系詞「à」與「de」跟定冠詞陽性單複數合併而成，切記此規則，否則會造成文法上的錯誤。

Exemples :

- Nous allons **au** Japon.　（我們去日本。）
- Elles vont **aux** États-Unis.　（她們去美國。）
- Ils viennent **du** Japon.　（他們從日本來。）
- Vous venez **des** États-Unis?　（您（你們）（妳們）從美國來嗎？）
- Elle joue souvent **du** piano.　（她經常彈鋼琴。）（jouer de＋樂器名稱）
- Il joue rarement **au** football.　（他很少踢足球。）（jouer à＋運動名稱）

Manières de vivre 法國人的生活方式

法國人工作之餘的休閒活動

法國人跟大家一樣星期一至星期五都很認真地工作，很多人在工作之餘都會做運動，例如慢跑、游泳、騎自行車、去健身房等等。除此之外，他們如何渡過週末呢？

星期五晚上喜歡去看電影、看戲劇、聽音樂會、歌劇等等，之後再去吃晚飯。

星期六晚上跟朋友去餐廳吃飯、去跳舞、去酒吧。

星期日中午請朋友或家人來家裡用餐，大部份以家庭聚會為主。星期日下午有些人喜歡去博物館或美術館參觀、去公園坐坐、開車到郊外兜風、去森林或山上散步走走、或者做一些戶外運動。

法國家庭一般在星期五晚上或星期六下午去大賣場（hypermarché）買一週要吃的食物，因此收銀檯前就會大排長龍。

在咖啡館，一個人喝杯咖啡看著熙攘往來的人、看報，多麼悠閒！或與朋友喝杯咖啡，法國人樂於去咖啡館聊天，多麼地開心！他們愛養寵物，如果家裡有狗，每天晚上或假日會帶著心愛的狗出去遛遛。

如果天氣不佳，他們會待在家裡看電視轉播的運動節目如足球、橄欖球或網球比賽；不喜歡看電視的人則非常喜歡閱讀或聽聽音樂。

法國人一定會好好規畫他們的假期，在法國境內或出國去渡假。法國家庭常擁有兩棟房子，作為週末或寒暑假時去別墅渡假之用。

Pratique et Activités 口語練習與教學活動

Pratique

- Est-ce que tu aimes le sport ? Quel sport ?
- Est-ce que tu fais du sport ? Quel sport ?
- Est-ce que tu vas souvent au cinéma ?
- Tu préfères voir des films au cinéma ou à la télévision ?
- Qu'est-ce que tu aimes faire le week-end ?
- Faire la cuisine, ça te plaît ?
- Est-ce que tu cuisines bien ?
- Tu préfères manger au restaurant ou à la maison ?
- Les films français te plaisent ?
- Est-ce que tu aimes les voyages ? Tu voyages souvent ?
- Est-ce que tu aimes lire ? Qu'est-ce que tu aimes lire ?
- Tu aimes sortir le soir ? Où aimes-tu aller ?
- Est-ce que tu aimes bavarder avec tes ami(e)s ?
- Quelle est ta couleur préférée ?

Activités

1. Trouver la bonne réponse.

1 - Vous faites de la musique ?
2 - Où vas-tu manger ?
3 - Votre travail vous plaît ?
4 - Vous savez conduire ?
5 - Tu sais nager ?
6 - Vous préférez un thé ?

A - Non, un café s'il vous plaît !
B - J'apprends dans une auto-école.
C - Oui, je joue du piano.
D - Bien sûr, je vais souvent à la piscine !
E - Comme ci, comme ça !
F - Dans un restaurant près d'ici.

1	2	3	4	5	6

2. Que savent-ils faire ?

- Jouer... aux échecs / au tennis / du piano / de la guitare / de l'accordéon...
- Faire... la cuisine / le ménage / la vaisselle / la lessive / de la plongée...
- Lire la musique / nager / conduire / piloter un avion...

1 Il / Elle...
2 Il / Elle...
3 Il / Elle...
4 Ils ne... pas...
5 Je...
6 Je ne... pas...
7 Je...
8 Je ne... pas...

Mots croisés 找字遊戲

Retrouvez dix mots de la leçon.

X	V	S	H	V	C	D	G	B	R
B	O	E	U	F	I	J	Y	E	E
B	I	E	N	V	N	X	N	A	S
Z	T	K	A	S	E	C	O	U	T
E	U	P	D	Z	M	U	F	C	A
S	R	L	U	M	A	L	T	O	U
W	E	W	P	B	L	P	I	U	R
P	S	P	O	R	T	M	Z	P	A
F	Y	C	U	I	S	I	N	E	N
E	Q	D	S	O	U	V	E	N	T

1 : ....
2 : ....
3 : ....
4 : ....
5 : ....
6 : ....
7 : ....
8 : ....
9 : ....
10 : ....

Quizz 益智問答

Quel est le sport le plus populaire en France ?

- C'est le...

1 
Le tennis

2 
Le football

3 
Le rugby

4 
Le baseball

Leçon 4

Tu es Tanguy ou auberge espagnole ?

Immersion 法語體驗

Tu habites...

1 seul

2 en famille

3 avec des amis

Dialogues 對話

Dialogue 1 situation conventionnelle

MP3 086

A Vous habitez seul, en colocation ou avec votre famille ?	A：您一個人住，與人分租，或是跟您的家人住？
B J'habite encore avec mes parents.	B：我還是跟爸媽住。
A Oh là là ! Vous êtes un peu comme Tanguy. Vous connaissez le film ?	A：Oh là là ！您有點像 Tanguy。您知道那部電影嗎？
B Oui, c'est un film amusant, mais moi, je leur paie un loyer.	B：知道，這是一部很好玩的電影，但是我有付一份的房租給我的爸媽。
A Ah, je vois. Ils doivent être contents.	A：啊，我了解。他們應該很高興。

Dialogue 2 situation familière 1

A Tu cherches un logement ?	A：妳在找一個住處嗎？
B Oui, je veux trouver quelque chose en colocation.	B：我想要找個跟人家分租的房子。
A Tu aimes vivre avec d'autres personnes ?	A：妳喜歡跟別人住嗎？
B Pourquoi pas, si elles sont sympas !	B:有什麼不可以，如果她們人很好的話！

Dialogue 3 situation familière 2

A Il y a une chambre libre dans mon appart. Ça t'intéresse ?	A：我的公寓有一個空房。妳有興趣嗎？
B Pas vraiment, je préfère habiter seule.	B：不是很有興趣，我比較喜歡一個人住。
A Mais la coloc, ça coûte moins cher !	A：但是跟別人分租比較不貴！
B Peut-être, mais si j'habite seule, je peux faire ce que je veux quand je veux.	B：或許吧，但是如果我一個人住，我就可以隨時做我想要做的事情。
A Ah, je vois. Tu aimes ta liberté.	A：啊，我了解，妳喜歡自由。
B Et oui, et elle n'a pas de prix !	B：是啊，而且自由是無價的！

Rythme et intonation 旋律與語調

01 | Vous habitez seul, en colocation ou avec votre famille ?

02 | J'habite encore avec mes parents.

03 | Vous êtes un peu comme Tanguy. Vous connaissez le film ?

04 | Oui, c'est un film amusant, mais moi, je leur paie un loyer.

05 | Ah, je vois. Ils doivent être contents.

06 | Tu aimes vivre avec d'autres personnes ?

07 | Pourquoi pas, si elles sont sympas !

08 | Il y a une chambre libre dans mon appart. Ça t'intéresse ?

09 | Mais la coloc, ça coûte moins cher !

10 | Peut-être, mais si j'habite seul,

je peux faire ce que je veux quand je veux.

Conjugaison 動詞變化

1. Chercher / Trouver

MP3 090

Je cherche une chambre / un appartement / une maison.	我在找一個房間 / 一間公寓 / 一棟房子。
Tu cherches quelqu'un ?	你找某人嗎？
Il cherche quelque chose de pas cher.	他找不貴的東西。
Elle te trouve sympa.	她覺得你（妳）很親切。
Nous avons trouvé un bel appartement.	我們找到了一棟漂亮的公寓。
Vous avez trouvé du travail ?	您（你們）（妳們）找到了工作嗎？
Ils trouvent que cet appartement est trop cher.	他們覺得這間公寓太貴了。
Elles cherchent comment économiser.	她們尋找如何節省（的方法）。

❋Mécanique verbale

Tu cherches du travail → Je → comment économiser → Nous → un bel appartement.
Je trouve ta maison très petite → Nous → Ils → que tu es sympa.
Elle trouve du travail facilement → Nous → Vous → Vous ? → un bel appartement ?

2. Connaître

Je connais tous les prénoms de mes camarades.	我知道我所有同學的名字。
Tu connais son adresse ?	你知道他（她）的地址嗎？
Il connaît son texte par cœur.	他熟背他的文章。
Elle ne connaît rien de toi.	她對你（妳）一點都不認識。
Nous connaissons bien cette personne.	我們對這個人很熟。
Vous connaissez quoi de la politique ?	您（你們）（妳們）對政治了解多少？
Ils ne connaissent rien de la vie.	他們對人生一無所知。
Elles connaissent tout de toi.	她們對你（妳）瞭若指掌。

❋Mécanique verbale

Vous connaissez mon adresse → Elle → bien cette personne → Ils → tout de toi → Nous → notre texte par cœur → Tu ? → rien de la vie → Ils.

3. Voir

Je vois bien la lune avec mon télescope.	用我的望遠鏡我看得清楚月亮。
Tu vois ce que je veux dire ?	你了解我想要說的意思嗎？
Il ne voit pas du tout où est le problème.	他一點都看不到問題的癥結所在。
Elle voit que tu lui mens.	她知道你騙她。
Nous voyons la mer de notre balcon.	我們從陽台看到大海。
Vous voyez mal depuis longtemps ?	您（你們）（妳們）眼睛看不清楚有多久了？
Ils ne voient pas qu'il triche.	他們看不出他作弊。
Elles voient leur revenu diminuer.	她們看到她們的薪水減少。

❋Mécanique verbale

Nous ne voyons pas le problème → Elles → ce que je veux dire.
Je vois la mer de mon balcon → Il → que tu lui mens → que je triche → Ils → bien la lune.

4. Vouloir

Je veux (voudrais) un croissant.	我想要一個可頌麵包。
Tu veux un café ?	你（妳）要一杯咖啡嗎？
Il veut travailler.	他想要工作。
Elle veut se reposer.	她想要休息。
Nous ne voulons pas partir.	我們不想要離開。
Vous voulez quoi ? (= Qu'est-ce que vous voulez ?)	您（你們）（妳們）想要什麼？
Ils veulent acheter une maison.	他們想要買一棟房子。
Elles veulent partir en vacances.	她們想要去渡假。

❋Mécanique verbale

Je veux me reposer → Nous → acheter une maison → Ils → aller en vacances.
Vous voulez un café ? → partir → Tu ? → travailler → Elle.

MP3 097

5. Pouvoir

MP3 098

Je peux fumer ?	我可以抽菸嗎？
Tu ne peux pas garer ta voiture ici.	你（妳）不可以在這裡停車。
Il peut rester avec ses amis.	他可以跟他的朋友在一起。
Elle peut voter.	她可以投票。
Nous ne pouvons pas partir.	我們不可以離開。
Vous pouvez faire tout ce que vous voulez.	您（你們）（妳們）可以做您（你們）（妳們）想要做的事。
Ils peuvent soulever ce meuble.	他們可以抬起這個傢俱。
Elles peuvent partir en vacances.	她們可以去渡假。

❋Mécanique verbale

MP3 099

Je peux me reposer → Nous → acheter une maison → Ils → aller en vacances.
Vous pouvez partir → Elles → garer leur voiture ici → fumer ? → Tu
→ rester avec tes amis.

6. Devoir

MP3 100

Je dois partir.	我得離開。
Tu dois te dépêcher.	你（妳）應該趕快。
Il doit aller chez le dentiste.	他應該去看牙醫。
Elle doit se lever de bonne heure demain.	明天她得早起。
Nous devons finir ce rapport ce soir.	我們應該在今晚完成這份報告。
Vous ne devez pas manger en cours.	您（你們）（妳們）不應該在上課時吃東西。
Ils doivent arrêter de fumer.	他們應該戒菸。
Elles doivent arriver à l'heure au rendez-vous.	她們應該準時赴約。

❋Mécanique verbale

MP3 101

Tu dois finir ce rapport ce soir → Nous → se lever de bonne heure
→ Elles → se dépêcher → Je → arrêter de fumer → Vous
→ aller chez le dentiste → Il.

Lexique 詞彙

Le logement 住處

(habiter dans)
un appartement 公寓
une maison 房子
un studio 套房
une villa 別墅
un bungalow 有走廊的平房
un chalet 木屋
un château 城堡

un(e) propriétaire 房東
un(e) locataire 房客
un(e) colocataire 分房的房客
un loyer 房租
un logement 住處

Les lieux 地方

(habiter) en ville 住在城裡
dans la banlieue (de Taipei)
住在（台北）郊區
à la campagne 鄉下
à la mer 海邊
à la montagne 山上
sur une île 一座島嶼上
sur un bateau 一艘船上
dans la forêt 森林裡
dans un mobil-home
(= dans un camping-car)
露營車裡
dans une caravane 旅行拖車裡

Les pièces 主要房間

un salon 客廳
une salle à manger 餐廳
une chambre 房間
un bureau 書房
le séjour
(= un salon et une salle à manger)
客廳加餐廳

Et en plus 額外空間

une cuisine 廚房
une salle de bain 浴室
une (salle de) douche 淋浴室
une buanderie 洗衣間
une mezzanine 樓中樓
des toilettes 廁所
un balcon 小陽台
une terrasse 露天陽台
un jardin 花園
un garage 車庫
un grenier 閣樓

À quel étage habitez-vous ? 您住在幾樓？

MP3 106

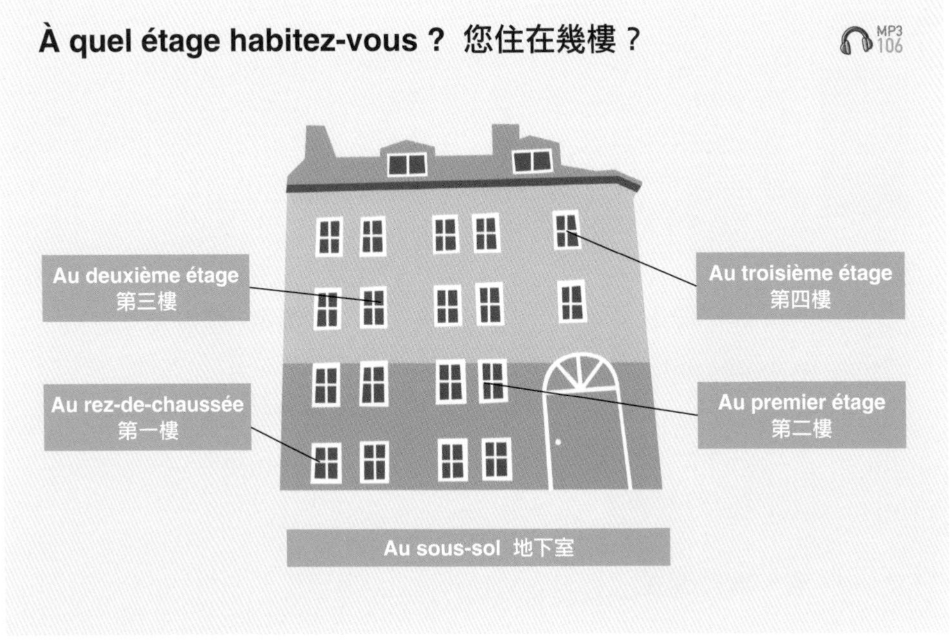

Grammaire 文法

1. Pouvoir, vouloir, devoir + verbes à l'infinitif

pouvoir 可以（問對方意見，是否同意）
vouloir 想要（自己想要做的事情） + verbe à l'infinitif
devoir 應該（自己應該做的事情）

文法小解說 法文句中的第一個動詞必須隨主詞變化，至於第二個動詞則可以用不定式動詞。一般最多可以接兩個不定式的動詞。

Exemples :

- Je **peux acheter** cette robe sur Internet ?（我可以在網路上買這件洋裝嗎？）
- Elle **veut télécharger** de la musique sur Internet.（她想要下載網路上的音樂。）
- Nous **devons faire** des courses.（我們應該去買東西。）

2. Adjectif indéfini 不定形容詞

文法小解說		
	Un autre	（另一個）＋單數陽性名詞
	Une autre	（另一個）＋單數陰性名詞
	D'autres	（另一些）＋複數陰陽性名詞

Exemples :

- Veux-tu **un autre** café ? （你要另一杯咖啡嗎？）
- Nous avons **une autre** question. （我們還有另一個問題。）
- Ils ont **d'autres** problèmes. （他們還有其他的問題。）

3. Prépositions 介系詞

(1) Dans：在一個空間裡

Exemples :

- Nous sommes 50 **dans** la classe ? （教室裡有 50 個人嗎？）
- Il n'y a pas beaucoup de papiers **dans** le tiroir. （抽屜裡沒有很多紙張。）
- Elle habite **dans** un petit appartement. （她住在一棟小的公寓。）

(2) Sur：在……上面、在……身上

Exemples :

- La télécommande n'est pas **sur** le téléviseur. （電視遙控器不在電視機上。）
- Y a-t-il un casque **sur** la table ? （桌上有一個耳機嗎？）
- Nous ne sommes pas **sur** cette photo. （我們不在這張照片裡。）
- Je n'ai pas ma carte d'identité **sur** moi. （我沒帶身分證。）
- Elle écoute de la musique **sur** son portable (ordinateur). （她聽手機（電腦）裡的音樂。）

(3) Sous：在……下面

Exemples :

- Il y a un chat **sous** la table. （桌子下有一隻貓。）
- Vous aimez vous promener **sous** la pluie ?
（您（你們）（妳們）喜歡在雨中 散步嗎？）

(4) Avec：跟什麼人

Exemples :

- J'habite **avec** ma famille. （我與我的家人住在一起。）
- Elle ne vient pas **avec** nous. （她不跟我們來。）

(5) Chez：在某人家

Exemples :

- J'habite **chez** une amie. （我住在一位女性朋友家。）
- Elle va **chez** la coiffeuse tous les samedis. （她每個星期六去做頭髮。）
- D'habitude, il rentre **chez** lui à pied. （他平常走路回家。）

(6) En：方法、搭交通工具、衣服的質料、狀況

Exemples :

- J'habite **en** colocation. （我跟別人合租房子。）
- Ce n'est pas un appartement **en** colocation. （這不是一棟合租的公寓。）
- Je voyage **en** groupe. （我參加團體旅行。）
- Nous prenons nos repas **en** famille. （我們與家人聚餐。）
- Ils vont travailler **en** métro. （他們搭捷運去上班。）
- C'est une chemise **en** coton ? （這是一件棉製襯衫嗎？）
- Ta voiture n'est pas **en** bon état. （你(妳)這部車子的狀況不好。）

(7) De：此介詞都會跟一個動詞配合，請看以下的例子。

Exemples :

- **D'**où viens-tu ?

（你從什麼地方來？）

（「venir de ＋地方」：來自於……）

- **De** qui parlez-vous ?

（你們正在談論誰？）

（「parler de qqch / qqn」：談什麼事情 / 某人）

- **De** quoi a-t-il besoin ?

（他需要什麼東西？）

（「avoir besoin de qqch / qqn」：需要什麼東西 / 某人）

(8) À：地點、時間、東西屬於某人

Exemples :

- Elle n'habite pas **à** Paris.（她不住在巴黎。）
- Vous déjeunez **à** midi ?（您（你們）（妳們）十二點吃中飯嗎？）
- Ce lecteur MP3 est **à** moi.（這個 MP3 的播放機是我的。）
- Je suis journaliste **à** la télévision.

（我在電視台當記者。）

（在電視台，不能用「dans la télévision」。）

- Il préfère le cinéma **à** la télévision.

（他比較喜歡看電視裡播放的影片。）

（此用法如上。）

Leçon 1 / Leçon 2 / Leçon 3 / Leçon 4 / Leçon 5 / Leçon 6

(9) Pour：為某人

Exemples :

• Voici des petites annonces **pour** les étudiants.
（這些分類廣告是提供給學生的。）

• C'est un cadeau **pour** toi. （這份禮物給你（妳）。）

4. Comparaison 比較級

文法小解說

法文有各種句型表達比較級之用法，在此只舉出一種。

plus (+)
aussi (=) ＋ adjectif (masculin / féminin) ＋ que...
moins (-)

Exemples :

• Cet appartement est **plus** cher **que** l'autre.
（這棟公寓比那棟昂貴。）

• Cette voiture est **moins** confortable **que** la mienne.
（這部車子沒有我的舒服。）

• Votre maison est **aussi** grande **que** la sienne.
（您（你們）（妳們）的房子和她（他）的一樣大。）

注意：~~plus bon(ne)~~ → meilleure(e)
- Cette baguette est meilleure que l'autre.
這條法式長棍麵包比另外一條好吃。

Manières de vivre 法國人的生活方式

法國人道別時說什麼祝福語？

法國人真是一個多禮的民族，早上見面說聲「早」、「好」（Bonjour），中午或下午見面也是說「好」（Bonjour），晚上六點以後說「晚上好」（Bonsoir）。道別時說聲「再見」（Au revoir、Salut）還會獻上一句祝福語，雖然只是一句簡短的祝福語，聽起來卻令人十分窩心。

祝福語甚多，應該如何用呢？一般而言，早上十二點以前，祝福對方有「美好的一日」（Bonne journée），下午則說「下午愉快」（Bon après-midi），晚上六點以後說「晚上好」（Bonsoir），就寢時說「晚安」（Bonne nuit）。其他的情形完全視對方的狀況而定。

(1) 星期五時祝福對方「週末愉快」（Bon week-end、Bonne fin de semaine）。

(2) 對方有工作要完成，你不得不先離去，就可以跟對方說「加油」（Bon courage）。

(3) 對方準備要去渡假，你可以說「假期愉快」（Bonnes vacances）。

(4) 對方要開車上路，你可以說「一路平安」（Bonne route）。

(5) 上飛機前則說「旅途愉快」（Bon voyage）或「一路順風」（Bon vent）。

(6) 對方要去參加聚餐或晚會則說「祝你（妳）們玩得愉快」（Amusez-vous bien）或「祝你（妳）們有個美好的夜晚」（Bonne soirée）。

(7) 用餐開動前說「祝你（妳）有好胃口」或「慢用」（Bon appétit）。

(8) 探病後，祝福對方「早日康復」（Bon rétablissement）或「身體健康」（Meilleure santé）。

(9) 如果明天是節慶日，可以說「節日快樂」（Bonne fête）。

(10) 假如你們學到這一頁，我們就會說「好好繼續學吧」（Bonne continuation）或「勇敢地學下去」（Bon courage）。因為祝福語實在太多，在此暫僅先介紹較常用的用語。

Pratique et activités 口語練習與教學活動

Pratique

- Tu habites avec ta famille ?
- Tu préfères habiter seul, avec ta famille ou avec des amis ? Pourquoi ?
- Tu habites dans un appartement ou une maison ?
- Ta chambre est grande ?
- Tu habites en ville, dans la banlieue ou à la campagne ?
- Qu'est-ce que tu vois de la fenêtre de ta chambre ?
- Est-ce que tu vois beaucoup de films ?
- Qu'est-ce que tu veux faire ce week-end ?
- Est-ce que tu voudrais habiter en France ? Pourquoi ?
- Est-ce que tu peux nager 500 mètres ?
- Est-ce que tu peux passer une nuit sans dormir ?
- Est-ce que tu peux toujours faire ce que tu veux ?
- Quelles sont les choses que tu ne peux pas faire ?
- Qu'est-ce que tu dois faire chaque jour ?
- Est-ce que tu dois te lever de bonne heure le matin ?
  À quelle heure ? Pourquoi ?

Activités

1. Trouver la bonne réponse.

1 - Qu'est-ce que tu veux boire ?
2 - Elle ne veut pas sortir ?
3 - Vous pouvez venir à 8 heures ?
4 - Vous devez travailler ce week-end ?
5 - Tu dois aller te coucher !
6 - Vous connaissez mon adresse ?

A - Oui, c'est parfait !
B - Je n'ai pas sommeil !
C - Tu as de l'eau ?
D - Oui, je sais où vous habitez.
E - Non, elle est fatiguée.
F - Oui, malheureusement !

1	2	3	4	5	6

2. Où habitent-ils ?

- un chalet - un château - un appartement

1

Elle... dans...

2

Nous... dans...

3

J'... dans...

3. Que veulent-ils faire ?

- jouer à la pétanque - manger des fruits - dormir

1

Je...

2

Il...

3

Vous...

Mots croisés 找字遊戲

Retrouvez dix mots de la leçon.

B	A	R	D	O	G	H	L	J	M
D	E	V	O	N	S	K	U	S	L
O	G	V	I	X	E	S	N	Y	T
I	A	C	V	B	W	O	E	M	T
S	C	D	E	N	T	I	S	P	E
P	R	E	N	O	M	S	V	A	X
Z	E	T	T	O	I	L	L	R	T
Q	W	T	R	A	V	A	I	L	E
X	I	E	X	I	E	U	C	E	L
O	M	A	I	S	O	N	V	I	E

1 : ....

2 : ....

3 : ....

4 : ....

5 : ....

6 : ....

7 : ....

8 : ....

9 : ....

10 : ....

Quizz 益智問答

Lequel de ces châteaux a inspiré Charles Perrault pour le conte «La Belle au bois dormant» ?

1 
Chaumont

2 
Chenonceau

3 
Ussé

4 
Azay-le-Rideau

註解：Charles Perrault（1628-1703），夏爾•佩羅是十七世紀法國詩人、作家。1697 年聞名的童話書例如有：《小紅帽》（Le Petit Chaperon rouge）、《灰姑娘》（Cendrillon）、《穿長靴的貓》（Le Chat botté）。

Leçon 5

Ça te dit ?

Immersion 法語體驗

Qu'est-ce que tu aimes faire quand tu es libre ?

1

lire

2

aller au cinéma

3

faire du shopping

4

faire du sport

5

regarder la télé

6

aller au café

Dialogues 對話

Dialogue 1 situation conventionnelle

MP3 122

A **Avez-vous quelque chose de prévu ce dimanche ?**	A：這個星期日您有預定要做什麼事情嗎？
B **Rien pour le moment. Vous avez quelque chose à me proposer ?**	B：目前沒有。您對我有什麼建議嗎？
A **Ça vous dirait de venir faire une promenade avec nous ?**	A：跟我們去散步如何呢？
B **Pourquoi pas ! Vous voulez aller dans quel coin ?**	B：有什麼不好！你們想要去哪個地方？
A **Au bord de la mer, du côté de Yeliu. La côte est superbe là-bas !**	A：海邊，野柳那邊。那邊的海岸很漂亮！

Dialogue 2 situation familière 1

MP3 123

A **Qu'est-ce que tu fais dimanche ?**	A：這個星期日你做什麼？
B **Je ne suis pas encore sûr. Tu as une proposition à me faire ?**	B：我還沒有確定。妳要給我一個建議嗎？
A **On va aller prendre un bain dans une source chaude, à Wulai, avec des amis. Ça te dit ?**	A：我們要跟朋友去烏來洗溫泉。你有興趣嗎？
B **Je voudrais bien venir avec vous mais je ne peux pas te répondre maintenant. Et puis, je ne sais pas nager.**	B：我想跟你們去但是我不能現在回答妳。更何況我不會游泳。
A **Pas de souci, tu ne risques pas de te noyer dans les sources chaudes ! Alors, si tu es libre, n'hésite pas !**	A：不用擔心，你不會在溫泉裡溺死的！那麼如果你有空，就不要猶豫不決！

situation familière 2

A Tu as un plan de prévu pour dimanche ?

B Non, rien de prévu.
Tu as quelque chose d'intéressant à me proposer ?

A Avec des copains on va chanter dans un karaoké. Ça te dit de venir avec nous ?

B Oh là là ! Tu sais, je ne chante pas très bien.

A Pas de souci, nous non plus on n'est pas des pros de la chanson.
On y va pour s'amuser entre copains.

B Bon, si vous n'avez pas peur pour vos oreilles !

A：禮拜天妳有何預定的計劃嗎？

B：沒有，沒有預定任何一個計劃。
你有什麼有趣的事情跟我提議嗎？

A：我們要跟朋友去卡拉 OK 唱歌。
妳想跟我們去嗎？

B：Oh là là ！你知道的，
我唱歌唱得不是很好。

A：沒關係的，我們也唱得不好，我們不是職業歌手。
只是跟朋友玩一玩（樂一樂）。

B：好吧，如果你們不怕傷害到你們的耳朵！

Rythme et intonation 旋律與語調

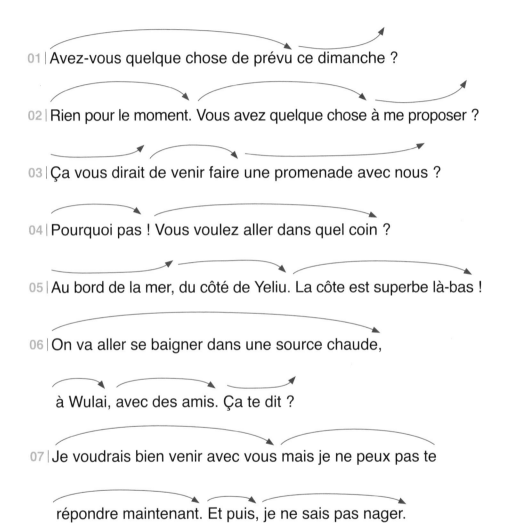

01 | Avez-vous quelque chose de prévu ce dimanche ?

02 | Rien pour le moment. Vous avez quelque chose à me proposer ?

03 | Ça vous dirait de venir faire une promenade avec nous ?

04 | Pourquoi pas ! Vous voulez aller dans quel coin ?

05 | Au bord de la mer, du côté de Yeliu. La côte est superbe là-bas !

06 | On va aller se baigner dans une source chaude,
à Wulai, avec des amis. Ça te dit ?

07 | Je voudrais bien venir avec vous mais je ne peux pas te
répondre maintenant. Et puis, je ne sais pas nager.

08 | Tu as un plan de prévu pour dimanche ?

09 | Non, rien de prévu.

Tu as quelque chose d'intéressant à me proposer ?

10 | Pas de souci, nous non plus on n'est pas des pros de la chanson.

On y va pour s'amuser entre copains.

Conjugaison 動詞變化

1. Proposer

MP3 126

Je propose un plan pour ce week-end.	我為這個週末提出一個計畫。
Tu proposes de partir quand ?	你（妳）提議何時離開？
Il te propose un travail de baby-sitter.	他提供你（妳）一份褓姆的工作。
Elle ne propose pas de logement.	她不提供住宿。
Nous vous proposons d'aller en France cet été.	我們提議你（妳）們今年暑假去法國。
Qu'est-ce que vous nous proposez comme boisson ?	您（你們）（妳們）建議我們喝什麼飲料？
Ils proposent à leurs amis de dîner dans un bon restaurant pour Noël.	他們跟他們的朋友提議在聖誕節去一家好的餐廳吃晚餐。
Elles ne proposent plus de confiture de figues au petit-déjeuner.	她們在早餐不再供應給客人無花果果醬。

✻ Mécanique verbale

Je propose un travail de baby-sitter → Nous → pas de logement.

Ils proposent d'aller en France cet été → Elle → pas de menu végétarien.

2. Répondre

MP3 128

Je ne réponds pas à ta question.	我不回答你（妳）的問題。
Tu réponds à ce mail tout de suite ?	你（妳）馬上回覆這封電子郵件嗎？
Il répond dans la journée.	他今天答覆。
Elle ne répond jamais aux appels de numéros inconnus.	她從不回陌生人的電話。
Nous répondons à votre demande immédiatement.	我們馬上答覆您（你們）（妳們）的請求。
Vous répondez ?	您（你們）（妳們）回覆嗎？
Ils répondent qu'ils seront absents 5 jours.	他們回答他們將五天不在。
Elles ne répondent pas à la proposition du directeur.	她們不答覆主任的提議。

✱ Mécanique verbale
Tu réponds à la proposition du directeur → Elle → qu'elle est fatiguée → Vous → à ce mail tout de suite.

3. Dire / Parler

MP3 130

Je te dis quelque chose d'important.	我跟你（妳）說重要的事情。
Qu'est-ce que tu dis ?	你（妳）說什麼？
Il dit qu'il est fatigué.	他說他累了。
Elle me dit qu'elle n'est pas contente de son travail.	她跟我說她對她的工作不滿。
Nous disons la vérité.	我們說實話。
Qu'est-ce que vous dites d'une promenade après le déjeuner ?	您（你們）（妳們）有興趣晚餐後去散步嗎？
Ils ne parlent jamais de leur famille.	他們從不講他們的家人。

Elles disent tout.	她們說所有的事情。

❋ Mécanique verbale
Tu dis quelque chose ? → Elle → qu'elle veut prendre des congés.
Nous disons toujours la vérité → Est-ce que tu... ? → Oui, je...
Elle parle de ses vacances → vous → bien le chinois
→ Tu → avec tes amis ?

4. S'amuser / Amuser qqn

MP3 132

Je m'amuse bien avec mes amis le vendredi soir.	每週五晚上我跟我的朋友玩得很開心。
Tu m'amuses avec tes histoires !	你（妳）說的故事讓我覺得很好玩。
Il s'amuse beaucoup à faire des puzzles.	他以玩拼圖作消遣。
Elle ne s'amuse jamais pendant la période des examens.	她從不在考試期間玩的。
Nous nous amusons toujours bien à l'anniversaire de Cédric.	我們在 Cédric 慶生會總是玩得很高興。
Vous vous amusez chez Quentin.	您（你們）（妳們）在 Quentin 家玩得很開心。
Ils s'amusent à jouer à cache-cache.	他們以玩捉迷藏作消遣。
Elles s'amusent jusqu'à deux heures du matin.	她們玩到清晨兩點。

❋ Mécanique verbale
Je m'amuse avec les enfants → Nous → ne... jamais pendant les examens
→ Ils → beaucoup à faire des puzzles.

Lexique 詞彙

Genres d'invitation 邀請的種類

MP3 134

un anniversaire 生日
une soirée 晚會
une crémaillère 喬遷
un mariage 結婚
une naissance 出生
un baptême 受洗
un pot d'adieu 歡送會

Endroits 地點

MP3 135

un restaurant 餐廳
une boîte de nuit 迪斯可舞廳
un cinéma 電影院
un théâtre 劇院
un karaoké 卡拉 ok
au bord de la mer 在海邊
une côte 海岸
là-bas 那邊
dans le coin (= près d'ici) 在附近

Des verbes souvent utilisés pour des propositions 一些常用於提議的動詞

MP3 136

Ça te dirait de...
去……你覺得如何？
Ça te plairait de...
去……你覺得如何？
Ça t'intéresserait de...
去……你有興趣嗎？
Je voudrais...
我想要……
J'aimerais...
我想要……

Parler du temps 時間

MP3 137

maintenant 現在
ce soir 今晚
aujourd'hui 今天
hier 昨天
demain 明天
après-demain 後天
ce week-end 這週末
la semaine prochaine 下星期
la semaine dernière 上星期
lundi, mardi, mercredi, jeudi, vendredi, samedi, dimanche
星期一～星期日

L'heure 時間

MP3 138

- Quelle heure est-il ? 幾點？
- Avez-vous l'heure, s'il vous plaît ? 請問現在幾點？

Il est deux heures.
（2 點。）

Il est deux heures trente.
= Il est deux heures et demie.
（2 點 30 分。= 兩點半。）

Il est trois heures passées.
（剛過 3 點。）

Il est deux heures quarante-cinq.
= Il est trois heures moins le quart.
（2 點 45 分。
= 差一刻 3 點。）

Il est presque onze heures.
（快 11 點了。）

Il est deux heures cinquante.
= Il est trois heures moins dix.
（2 點 50 分。
= 差 10 分 3 點。）

Il est deux heures quinze.
= Il est deux heures et quart.
（2 點 15 分。
= 兩點一刻。）

Grammaire 文法

1. Pronoms compléments d'objet indirect 間接受詞補語代名詞

文法小解說

法文的「人稱代名詞」之選擇與動詞結構息息相關，如果沒有熟背動詞結構，例如「parler à qqn」、「donner qqch à qqn」等等，就無法選出正確的人稱代名詞。

如果動詞後面直接接名詞，我們就可選擇「直接受詞補語代名詞」。但是，如果動詞後面還得透過一個介係詞再接名詞，我們就要選擇「間接受詞補語代名詞」。

以下是間接受詞補語代名詞的種類：me(m')、te(t')、nous、vous、lui、leur、en、y。這些代名詞一定要放在動詞之前。

Exemples :

• J'ai quelque chose à **te** dire.（我有事情跟你（妳）說。）
（動詞結構：dire qqch à qqn）

• Il a un travail à **me** proposer.（他有一份工作跟我提議。）
（動詞結構：proposer qqch à qqn）

• Tu peux **lui** répondre tout de suite ?（你（妳）可以馬上回答他（她）嗎？）
（動詞結構：répondre à qqn）

• Il est content de son nouveau travail. → Il **en** est content.
（他對他的新工作感到高興。）（en = de son nouveau travail）
（動詞結構：être content de qqch）

• Je viens de Taïwan. → J'**en** viens.（我從台灣來。）（en = de Taïwan）
（動詞結構：venir de qqp）

2. Ça te / vous / lui / leur / dirait de ＋ verbe à l'infinitif

文法小解說

dirait 是現在條件時（Conditionnel présent）的第三人稱單數變化，其原形動詞是「dire」，這是一種說話的口氣，用於問對方的看法。「te」、「vous」、「lui」、「leur」是間接受詞補語代名詞。法國人很常用這種句型來問對方的意見。

Exemples :

- **Ça te dirait d'**aller au cinéma ce week-end ?
（這週末去看電影，你（妳）覺得好嗎？）
- **Ça vous dirait de** faire une promenade avec moi ?
（您（你們）（妳們）跟我去散步，好嗎？）
- **Ça leur dirait de** venir plus tôt ?
（他們早一點來，好嗎？）

3. Y

文法小解說

「Y」是「間接受詞補語代名詞」，代替前面提過的名詞，此名詞可能是地點或是事情。

Exemples :

- Je vais au restaurant.
→ J'**y** vais.（我去餐廳。）（y = au restaurant）
- Tu vas réfléchir à ma proposition.
→ Tu vas **y** réfléchir.（你（妳）將要考慮我的提議。）（y = à ma proposition）
- Nous ne pouvons pas assister à ce concert.
→ Nous ne pouvons pas **y** assister.（我們不能去參加（聽）這場演唱會。）
（y = à ce concert）

Leçon 1 Leçon 2 Leçon 3 Leçon 5 Leçon 5 Leçon 6

4. Pronoms indéfinis 不定代名詞

文法小解說

「quelque chose」表示某事。「rien」是 quelque chose 的否定用法，表示沒有什麼東西、事情。注意只要用「ne... rien」或「rien... ne」，而不要再加 pas。

Exemples :

- - Tu as **quelque chose** à dire ?（你（妳）有什麼話要說嗎？）
  - Non, je **n'**ai **rien** à dire.（沒有，我沒有什麼話要說。）
- - Voulez-vous boire **quelque chose** ?（你（妳）們想要喝什麼東西嗎？）
  - Non, nous **ne** voulons **rien** boire.（不要，我們什麼東西都不想要喝。）

文法小解說

如果 quelque chose 與 rien 後面要接形容詞，前面必須要加介係詞「de」，而此形容詞只能用陽性形容詞。

Exemples :

- - Avez-vous **quelque chose de** prévu ce soir ?（今晚你（妳）們有沒有事先安排什麼節目呢？）
  - Non, **rien de** prévu.（沒有，沒有什麼節目。）
- Il n'y a **rien d'**important.（沒有什麼重要的事情。）
- Je voudrais boire **quelque chose de** chaud.（我想要喝什麼熱的東西。）

文法小解說

如果 quelque chose 與 rien 後面要接動詞，必須要加介係詞「à」。

Exemples :

- - As-tu **quelque chose** à faire demain ?（明天你（妳）有什麼事要做嗎？）
  - Non, je **n'**ai **rien** à faire.（沒有，明天我沒有什麼事要做。）

5. Verbes pronominaux 代動詞

文法小解說

代動詞不同於一般的動詞，因為在動詞前還有一個代詞「se」，此代詞必須隨著主詞變化。在本課的對話中有三個代動詞：se baigner（游泳）、se noyer（溺水）、s'amuser（自娛），其他代動詞，請見附錄第 162 頁。

試舉一個動詞「se promener」（散步）的動詞變化：

Je me promène...

Tu te promènes...

Il (Elle) se promène...

Nous nous promenons...

Vous vous promenez...

Ils (Elles) se promènent...

Exemples :

- Je **me promène** souvent après le dîner.（我經常晚餐後散步。）
- Ils n'aiment pas **se lever** trop tôt le matin.（他們不喜歡每天早上起得太早。）
- L'eau est bonne, nous allons **nous baigner**.（水溫很棒，我們去游泳。）

6. Futur proche 近未來 : Aller + verbe à l'infinitif

文法小解說

表達事情即將要在未來發生。

Exemples :

- Nous **allons partir** bientôt.（我們將要離開了。）
- On **va manger** dans 5 minutes.（我們五分鐘之後開飯。）
- Il **va pleuvoir**.（快要下雨了。）

7. Impératif 命令語式、祈使語式

文法小解說	這個語式沒有主詞，只有三個人稱（tu、nous、vous）的動詞變化。用於兩種情況： (1) 以強制的口氣命令別人。如：出去、閉嘴。 (2) 以有禮貌的口氣懇請別人。如：請進、請坐。

Exemples :

- Entre ! Entrez ! Entrons !

（你（妳）請進吧！你（妳）們請進吧！我們進來吧！）

- Assieds-toi ! Asseyez-vous ! Asseyons-nous !

（你（妳）請坐吧！你（妳）們請坐吧！我們坐吧！）

- Ne mange pas ! Ne mangez pas ! Ne mangeons pas !

（你（妳）不要吃！你（妳）們不要吃！我們不要吃！）

Manières de vivre 法國人的生活方式

1. 法國人常掛在嘴邊的五句話

不論是個風和日麗或颳風下雨的日子，走進任何一家商店，例如麵包店：先向老闆道聲「早安」或問好（Bonjour），買什麼東西跟老闆說聲「請」（S'il vous plaît），拿了東西別忘了說聲「謝謝」（Merci），離開前說聲「再見」（Au revoir），最後祝福對方有個「美好的一日」（Bonne journée）。記得這五句話就能當個彬彬有禮的外國人。

2. 等等我（他、她）吧！

在進門時，玻璃大門上面常會寫著「拉」（tirer）或「推」（pousser），尤其是在百貨公司、地鐵、郵局、銀行、圖書館、博物館、旅館等公共場所最常見這一類的玻璃大門，你可以只顧推了門進去就不管跟在後面的人，或是拉了門就走人，但是這樣的舉動並不禮貌。最好且是有禮貌的方式是，當你進出時，暫先按住大門，再看一下你的身後是否還有人要進出。體貼他人也算日行一善。

3. 等先出後進，先下後上！

電梯門一開，先讓電梯內的人出來後再進去。儘管在上下班時間，地鐵裡、公車內人潮再洶湧、如沙丁魚般地擁擠，法國人也不忘讓別人先下車後自己再上車，才不至造成你推我擠的混亂場面。

4. 抱歉！

假如在法國碰到一些尷尬的情況，例如不小心踩到陌生人的腳、撞到別人、將鄰座的衣服弄掉到地上等等，該怎麼辦？乾瞪著對方一笑置之？告訴你只要說聲抱歉（Pardon）、原諒我（Excusez-moi）、我很抱歉（Je suis désolé(e)）、就可以為自己解圍了。

Pratique et activités 口語練習與教學活動

Pratique

- Est-ce que tu vas souvent te promener ? Seul(e) ? Avec ton chien ?
- En général, qu'est-ce que tu fais le dimanche ?
- Est-ce que tu vas parfois dans des sources chaudes ? Où ?
- Est-ce que tu as beaucoup de temps libre ?
- Qu'est-ce que tu fais quand tu as du temps libre ?
- Tu aimes chanter dans les karaokés ?
- Comment tu t'amuses ? Tu joues à des jeux vidéo sur ton Smartphone ?
- Est-ce que tu réponds rapidement aux messages de tes amis ?
- Est-ce que tu dis toujours la vérité ? À qui tu mens parfois ?
- Est-ce que tu dis toujours ce que tu penses ?
- Qu'est-ce que tu fais pour ton anniversaire ?
- Est-ce que tu as peur de certains animaux ? Lesquels ?

Activités

1. Trouver la bonne réponse.

1 - Qu'est-ce que tu proposes pour demain ?
2 - Est-ce qu'ils répondent rapidement ?
3 - Ça te dit de faire une partie d'échecs ?
4 - Que font les enfants ?
5 - Est-ce que vous savez nager ?
6 - Vous êtes libre dimanche ?

A - Ils s'amusent dans le jardin.
B - Un peu, mais pas très bien.
C - Aller au bord de la mer.
D - Désolé, nous sommes occupés.
E - Dans la journée.
F - Je ne sais pas jouer.

1	2	3	4	5	6

2. Que font-ils le dimanche ?

- Faire... du jet ski / de l'escalade / du parapente / de la natation

Il...

Elle...

Je...

Il...

3. Comment s'amusent-ils ?

- Faire... un château de sable / un dessin
- Jouer... à la poupée / à la marelle

Ils...

Elle...

Elles...

Il...

Mots croisés 找字遊戲

Retrouvez dix mots de la leçon.

D	I	M	A	N	C	H	E	P	A
B	T	R	E	P	O	N	D	R	E
A	M	I	S	F	D	U	C	O	L
C	S	A	O	J	K	Q	S	M	O
H	M	S	U	P	E	R	B	E	M
A	E	G	R	I	E	N	C	N	Y
N	K	V	C	O	I	R	X	A	Z
T	B	P	E	U	R	J	F	D	P
E	W	N	G	L	I	B	R	E	H
R	C	O	P	A	I	N	S	W	P

1 : ....
2 : ....
3 : ....
4 : ....
5 : ....
6 : ....
7 : ....
8 : ....
9 : ....
10 : ....

Quizz 益智問答

Vous connaissez tous la Tour Eiffel, du nom de son bâtisseur Gustave Eiffel. Celui-ci a également participé à la construction d'un autre monument célèbre. Quel est ce monument ?

La Tour Eiffel

1 

La statue de la Liberté à New-York, aux États-Unis

2 

Le Christ rédempteur à Rio de Janeiro, au Brésil

3 

La Tokyo Tower à Tokyo, au Japon

4 

La tour de Pise à Pise, en Italie

Leçon 6

À table !

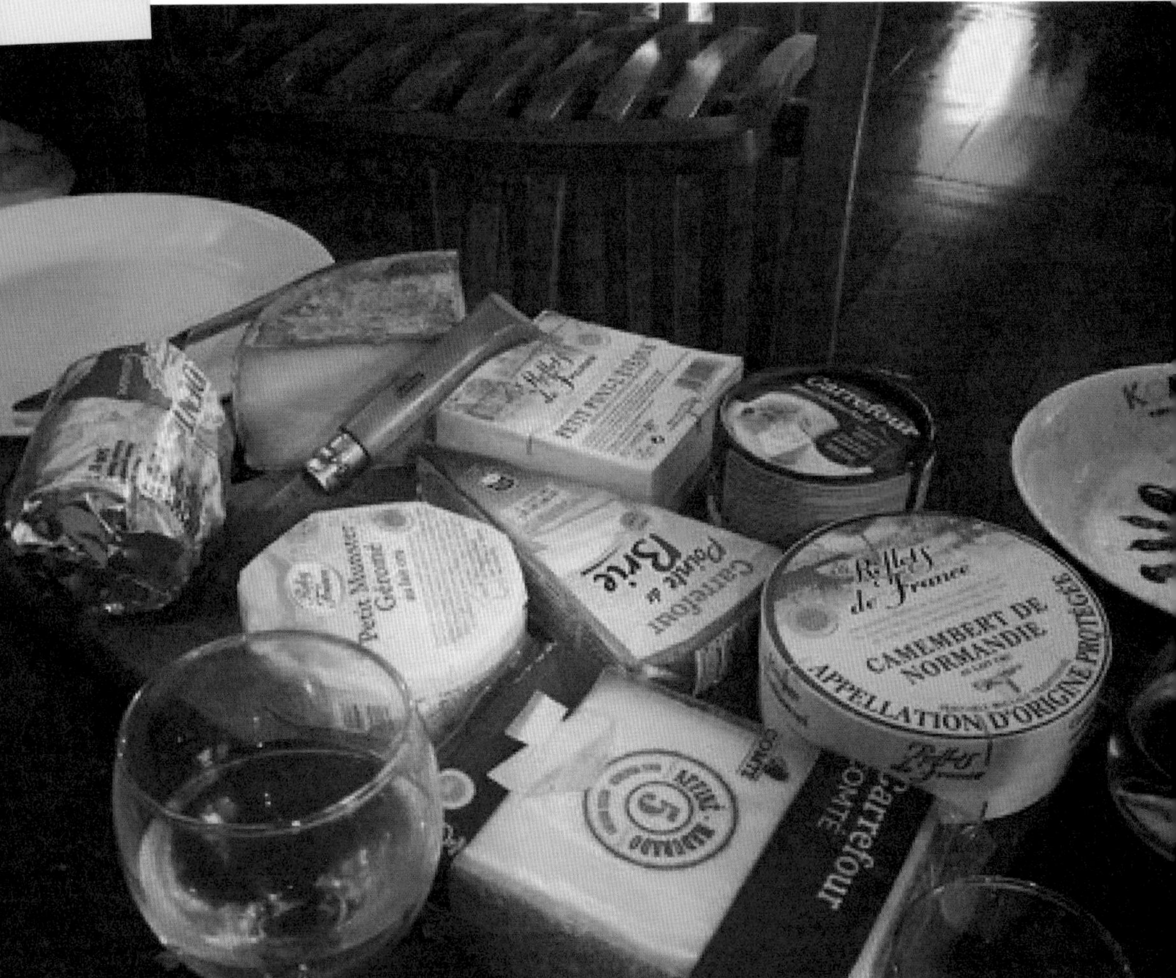

Immersion 法語體驗

On se trouve dans quel genre de restaurant ?

français	italien	mexicain	thaïlandais	japonais	espagnol

Dialogues 對話

situation conventionnelle

MP3 151

A Vous préférez déjeuner dans un restaurant chinois ou japonais ?
A：妳比較喜歡在中國餐廳或日本餐廳吃中飯？

B Nous pouvons essayer un restaurant japonais, qu'en dites-vous ?
B：我們可以去一家日本餐廳試試看，你覺得呢？

A Je n'en connais aucun près d'ici. Et vous ?
A：在這附近我一家都不認識。那妳呢？

B Moi non plus. Mais on m'a parlé d'un restaurant de sushis très populaire, pas loin.
B：我也一家都不認識。但是有人跟我提到一家非常普及的壽司餐廳，離這裡不遠。

A Et qu'est-ce qu'on boit avec les sushis ?
A：吃壽司喝什麼呢？

B Du saké chaud, évidemment !
B：當然喝溫的清酒！

A Oh là là ! Du saké chaud ? Alors, je vous suis !
A：Oh là là ！溫的清酒？我就跟妳走！

situation familière 1

MP3 152

A Tu veux manger chinois ou japonais ?
A：妳想吃中國菜或台灣菜？

B Un restaurant japonais, ça te dit ?
B:去一家日本餐廳你覺得如何？

A Tu en connais un près d'ici ?
A：妳知道這附近有一家嗎？

B Oui, un copain m'a parlé d'un restaurant de sushis pas mal dans le quartier.
B：知道，一個朋友跟我提到在這區有一家還不錯的壽司餐廳。

A Et qu'est-ce qu'on prend comme boisson ?
A：我們喝什麼飲料？

B Du saké chaud, bien sûr !
B：當然喝溫的清酒！

A Alors, on y va ! Ce restaurant, c'est où ?
A：那我們去吧！這家餐廳在哪裡？

Dialogue 3 situation familière 2

A Tu préfères la cuisine chinoise ou japonaise ?

A：妳比較喜歡中國菜或日本菜？

B La cuisine chinoise, j'en mange tous les jours.

B：中國菜，我每天吃中國菜。

A Alors, on se fait un japonais ?

A：那麼我們去吃日本菜？

B Oui, mais j'en connais pas dans le coin.

B：好啊，但是我不知道這附近的日本菜。

A Un pote m'a donné l'adresse d'un resto de sushis, il doit être super !

A：一個朋友給了我一家壽司餐廳的住址，這家餐廳應該很棒！

B Et qu'est-ce qu'on va se mettre dans le gosier ?

B：我們喝什麼？

A Du saké chaud, pardi !

A：當然喝溫的清酒！

B Alors, c'est bon pour les sushis et le saké. Je suis des vôtres !

B：那麼，就吃壽司喝溫的清酒。我就跟妳走！

Rythme et intonation 旋律與語調

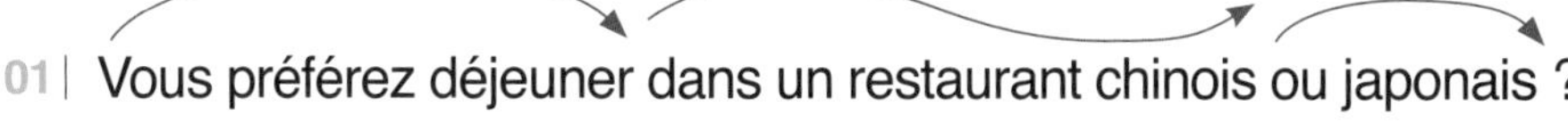

01 | Vous préférez déjeuner dans un restaurant chinois ou japonais ?

02 | Nous pouvons essayer un restaurant japonais, qu'en dites-vous ?

03 | Je n'en connais aucun près d'ici. Et vous ?

04 | Moi non plus. Mais on m'a parlé d'un restaurant très populaire, pas loin.

05 | Et qu'est-ce qu'on boit avec les sushis ?

06 | Du saké chaud, évidemment !

07 | Alors, je vous suis !

08 | Qu'est-ce qu'on prend comme boisson ?

09 | Alors, on y va ! Ce restaurant, c'est où ?

10 | C'est bon pour les sushis et le saké. Je suis des vôtres !

Conjugaison 動詞變化

1. Suivre

Je **suis** un cours de français.	我上一門法文課（聽課）。
Tu **suis** la coupe du monde de foot à la télé ?	你看世界足球賽的電視轉播嗎？
Il me **suit** partout !	我走到哪兒他就跟到哪兒！
Elle **suit** un régime.	她在節食。
Nous **suivons** le mode d'emploi.	我們照著說明書去做。
Vous me **suivez** ?	您（你們）（妳們）跟我來嗎？
Ils ne **suivent** pas le règlement.	他們不遵守規則。
Elles **suivent** l'évolution de la situation.	她們隨著情勢的發展。

❋ Mécanique verbale

Je suis un match de foot → Nous → tous les matchs → Vous... ?
→ des cours de yoga ? → Elle.

2. Boire

Je **bois** du café le matin.	我每天早上喝咖啡。
Tu ne **bois** pas de thé ?	你不喝茶嗎？
Il **boit** de la bière après avoir fait du sport.	他運動後喝啤酒。
Elle **boit** du vin rouge à table.	她用餐喝紅酒。
Nous **buvons** parfois de l'eau gazeuse.	我們有時喝氣泡礦泉水。
Vous ne **buvez** pas de Coca-cola.	您（你們）（妳們）不喝可口可樂。
Ils **boivent** du thé glacé ou du thé aux perles de tapioca.	他們喝冰紅茶或珍珠奶茶。
Elles **boivent** du champagne pour leur promotion.	她們喝香檳慶祝高陞。

❋ Mécanique verbale

Je bois de l'eau → Nous → souvent de l'eau → Est-ce que vous... ?
→ Non, ... souvent du whisky → Elle.
Qu'est-ce que tu bois ? Je... du vin → Il → de la bière → nous → ne rien boire.

MP3 158

3. Prendre

Je **prends** le métro pour aller au travail.	我搭捷運去上班。
Tu **prends** un dessert ?	你（妳）吃個甜點嗎？
Il ne **prend** pas d'entrée.	他不點（吃）前菜。
Elle **prend** une douche après son jogging.	她慢跑後沖澡。
Nous **prenons** cette route pour aller plus vite.	我們走這條路比較快。
Vous **prenez** un menu à 20 euros ?	您（你們）（妳們）點 20 歐元的套餐嗎？
Ils **prennent** leur parapluie car il pleut.	因為下雨他們拿雨傘。
Elles **prennent** trois mois de vacances.	她們拿（放或有）三個月的假。

❋Mécanique verbale

Qu'est-ce que vous prenez ? → Ils ? → le plat du jour → Elle → un dessert → du temps pour manger.
Tu ne prends pas de dessert ? → Nous ? → pas de café → Je.

4. Mettre

Je **mets** de l'huile d'olive dans la salade.	我在沙拉裡加一些橄欖油。
Tu **mets** le couvert.	你（妳）擺餐具。
Il **met** ses affaires dans sa valise.	他把他的東西放在行李裡。
Elle ne **met** pas de robe car il fait froid.	因為天氣冷她不穿洋裝。
Nous **mettons** les pommes de terre sur la table ?	我們把那些馬鈴薯放在桌上嗎？
Vous **mettez** quoi pour la soirée ?	您（你們）（妳們）穿什麼衣服去參加晚會？
Ils **mettent** du temps pour venir.	他們花一些時間來這裡。
Elles se **mettent** facilement en colère.	她們很容易生氣。

❋Mécanique verbale

Je mets ma tenue de soirée → Vous... ? → combien de temps pour venir ? → Tu ? → souvent des robes ? → parfois en colère ? → Il.

Lexique 詞彙

Repas
餐

un petit-déjeuner 早餐

un déjeuner 午餐

un dîner 晚餐

un souper 宵夜

un goûter 點心

Dans un repas
在一餐中……

une entrée 前菜

un hors-d'œuvre 前菜

un plat chaud (un plat de résistance)
主菜

un dessert 點心

Expression de quantité
數量片語

MP3 165

un peu de ＋不可數名詞
一點、一些

peu de ＋可數與不可數名詞
很少（不多）

beaucoup de ＋可數與不可數名詞
很多

assez de ＋可數與不可數名詞
足夠

trop de ＋可數與不可數名詞
太多

Qu'est-ce qu'on boit à table ?
吃飯時喝什麼？

MP3 166

du vin rouge / rosé / blanc
紅酒 / 粉紅酒 / 白酒

du champagne 香檳

de l'eau plate / minérale / gazeuse
純水 / 礦泉水 / 氣泡水

de la bière 啤酒

Le temps 天氣

Quand il fait chaud, on boit beaucoup d'eau.
Quand il fait froid, on boit du chocolat chaud.
Quel temps fait-il aujourd'hui ?

Il fait beau.
天氣晴朗。

Il fait mauvais.
天氣不佳。

Il fait bon.
天氣宜人。

Il fait chaud.
天氣熱。

Il fait froid.
天氣冷。

Il fait lourd.
天氣悶。

Il fait humide.
天氣潮溼。

Il fait un temps de chien.
一個惡烈的天氣。

Le temps est nuageux.
多雲的天氣。

Le ciel est couvert.
陰天。

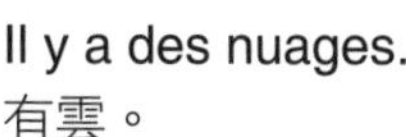

Il y a des nuages.
有雲。

Le ciel est pluvieux.
雨天。

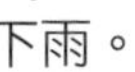

Il pleut.
下雨。

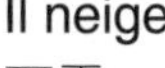

Il neige.
下雪。

Il y a du brouillard.
有霧。

Il y a du vent.
有風。

Grammaire 文法

1. Pronoms compléments d'objet direct 直接受詞補語代名詞

文法小解說

我們在第五課提到「間接受詞補語代名詞」之用法，在本章將提「直接受詞補語代名詞」。假如動詞後面直接接名詞，我們就可選擇「直接受詞補語代名詞」來取代該名詞。以下是直接受詞補語代名詞的種類：「me (m')」、「te (t')」、「nous」、「vous」、「le (l')」、「la (l')」、「les」、「en」。這些代名詞一定要放在動詞之前。在本課主要提到的直接受詞補語代名詞是「en」，代替前面提過的名詞，此名詞可能是人、事物。

Exemples :

- - Tu **m'**aimes ?
  - Oui, je **t'**aime.

  （- 你愛我嗎？ - 我愛你。）

  （動詞結構：aimer qqn）

- Je cherche Paul et Sophie, vous **les** voyez ?

  （我找 Paul 與 Sophie，你們看到他們嗎？）（les = Paul et Sophie）

  （動詞結構：chercher qqn、voir qqn）

- - Tu veux un café ?
  - Non, merci, je n'**en** veux pas.

  （- 你要一杯咖啡嗎？ - 不，謝謝，我不要。）（en = café）

  （動詞結構：vouloir qqch）

- - Est-ce qu'il y a beaucoup de voitures dans Taipei ?
  - Oui, il y **en** a beaucoup.
  （- 台北市區裡有很多車子嗎？ - 有的，有很多。）（en = voitures）

- Ils ont des amis français. → Ils **en** ont.
（他們有一些法國朋友。）（en = des amis）

- Elle mange du pain. → Elle **en** mange.
（她吃麵包。）（en = du pain）

2. Pronoms indéfinis 不定代名詞

文法小解說	「aucun(e)」是不定代名詞，和「ne」連用，表示否定的意思：沒有一個。注意只能用「ne... aucun(e)」，不可以再加 pas。

Exemples :

- - Tu as des amis français ?
  - Non, je n'**en** ai **aucun**. (= Non, je n'ai **aucun** ami français.)
（- 你有法國朋友嗎？ - 沒有，我一個也沒有。）
（en = ami；aucun 指數量。因「amis」（朋友）是陽性，所以用陽性不定代名詞。）

- - Il y a encore des pommes ?
  - Non, il n'y **en** a plus **aucune**. (= Non, il n'y a plus **aucune** pomme.)
（- 是否還有蘋果？ - 沒有，一個也沒有了。）
（en = pomme；aucune 指數量。因「pommes」（蘋果）是陰性，所以用陰性不定代名詞。）

3. Le passé composé 複合過去時

文法小解說

複合過去時表達在過去時間裡所發生的事情，該事發生了並且也結束了。

複合過去時的動詞變化如下：

(1) 助動詞（avoir）＋過去分詞（participe passé）。

(2) 助動詞（être）＋過去分詞（participe passé）。請參考附錄 4 更詳細之解說。

複合過去時用法多種，本課介紹三種：

(1) 過去明確的時間裡所發生的事情。

(2) 過去限定的時間裡所發生的事情。

(3) 過去一連串所發生的事情。

Exemples :

- Ce matin, j'**ai pris** mon petit-déjeuner à 8 heures.
  （今天早上，我 8 點吃早餐。）（過去明確的時間裡所發生的事情。）
- Elles **sont revenues** de vacances la semaine dernière.
  （她們上週渡假回來。）（過去明確的時間裡所發生的事情。）
- Dimanche dernier, je **suis allé** au cinéma avec une amie.
  （上週日我與一位女性朋友去看電影。）（過去明確的時間裡所發生的事情。）
- Nous **avons discuté** de 14h à 16h.
  （我們從 14 點聊到 16 點。）（過去限定的時間裡所發生的事情。）
- Hier soir, il **a travaillé** jusqu'à 23 heures.
  （昨天晚上他工作到 23 點。）（過去限定的時間裡所發生的事情。）
- Elle **a déjeuné** à midi, ensuite elle **a fait** la sieste et après, elle **a fait** du shopping.
  （她 12 點吃中飯，之後睡午覺，再去逛街。）
  （過去一連串所發生的事情。）

4. Le passé composé et les pronoms personnels
複合過去時與人稱代名詞

文法小解說

如何將「直接」與「間接」受詞補語代名詞放進複合過去時的句子裡？

(1) 肯定句型：直接與間接受詞補語代名詞放在「助動詞前面」。句型如下：

Sujet（主詞）+ C.O.D（直接受詞補語代名詞）/ C.O.I（間接受詞補語代名詞）+ auxiliaire（助動詞）+ participe passé（過去分詞）

Exemples :

- Je **t'**ai aimé(e).
（我曾經愛過你（妳）。）
（aimé 必須與前面的直接受詞「t'」配合。）

- Nous **les** avons cherchés (cherchées) pendant une heure.
（我們找他們（她們）（那些東西）找了一個小時。）
（cherchés、cherchées 必須與前面的直接受詞「les」配合。）

- Ce film **leur** a beaucoup plu.
（他們曾經很喜歡這部影片。）
（plu 不必與前面的間接受詞「leur」配合。）

- Elle **lui** a téléphoné.
（她打了電話給他。）
（téléphoné 不必與前面的間接受詞「lui」配合。）

文法小解說

(2) 否定句型：否定詞「ne… pas」放在直接與間接受詞補語代名詞及助動詞之前後。句型如下：

Sujet（主詞）+ **ne** + **C.O.D**（直接受詞補語代名詞）/ **C.O.I**（間接受詞補語代名詞）+ auxiliaire（助動詞）+ **pas** + participe passé（過去分詞）

Exemples :

- Je **ne t'**ai **jamais** aimé(e).
（我從來沒有愛過你。）

- Nous **ne les** avons **pas** cherchés (cherchées) pendant une heure.
（我們沒有找他們（她們）（那些東西）找一個小時。）

- Ce film **ne leur** a **pas** beaucoup plu.
（他們沒有很喜歡這部影片。）

- Elle **ne lui** a **pas** téléphoné.
（她沒有打電話給他。）

Manières de vivre 法國人的生活方式

1. 受邀到法國人家裡做客之禮節

如果有一天你有機會去法國遊學或留學，你是否期待到法國人家裡用餐呢？如果法國人邀你到他們家吃飯，表示他們有空樂意招待，不要擔心打擾對方，怕不好意思，千萬不要拒絕，因為那是進一步了解法國人生活方式千載難逢的機會。由於西方之風俗民情差異甚遠，因此不必以我們東方人之想法去應對西方之國情。

赴約前應準備什麼禮物呢？紅玫瑰花、葡萄酒（香檳）、蛋糕、巧克力等等都是法國人喜愛的禮品。雖然是第一次去作客，也可以問對方：可以準備些什麼東西？有時候法國人也會說句客套話：你的光臨就會讓本宅蓬蓽生輝（C'est votre présence qui compte），人到就夠了。有時候法國人直接了當地說，受邀者就準備特定那樣東西即可。一般而言，受邀到比較熟悉的法國人家吃飯，可帶瓶酒或蛋糕。比較不熟則帶巧克力或花。或是在受邀後的隔天請人送花到女主人家以示謝意。

在此選幾項較有特色的禮物，理由如下：

(1) 花：紅玫瑰花代表對女主人的敬意。花朵的數量以奇數為好，因為是以置花瓶裡給人一種視覺美。

(2) 葡萄酒：由於大部分的法國女主人不太擅長烹飪魚，而雞、豬肉非上等品，因此吃牛肉的機會比較大，選擇紅酒就比白酒恰當。

(3) 香檳：這也是最佳禮品，尤其是慶祝親朋好友在工作上的升遷、通過考試、或慶生、慶祝節日（聖誕節、新年）。

(4) 甜食：法國人常在飯後有吃甜食的習慣。法國女主人擅長做蛋糕，她們常會親自動手做。但如果你能在有名的糕餅店挑個蛋糕，相信你會成為當晚的主角，因為這個蛋糕會讓在座的宴客念念不忘。巧克力是其中遇到節慶時最好禮品之一，如聖誕節、新年。挑選時，當然要選有名的巧克力，以黑巧克力較受喜愛，但是千萬別選巧克力牛奶，因為那種比較適合小孩子的口味。

幾點抵達受邀家庭用晚餐呢？假如主人邀請客人於十九點三十分到家（宅），客人既不必準時到，也不要太早到，以免讓主人慌亂。當然，也不要最後一個到達，讓大家等待。因此，「十九點四十五分」或「二十點」抵達是最恰當的時刻。

一般法國家庭用晚餐的時間是十九點三十分或二十點。但是，在家宴客的時間比平常用餐更晚。因為一杯「開胃酒」（un apéritif）配上一些帶鹹味的小佐料（花生、洋芋片）成了晚餐前不可或缺的前奏曲。由於法國人在用餐前喜歡淺酌一小杯、開開胃口，再大快朵頤正餐，因此正式用餐時間大概在二十點三十分。總之，赴約之前先不要填飽肚子，或是在現場猛飲，否則在餐桌上望食興嘆，就太可惜了。

入座時，客人常會被餐桌上所擺的餐具弄得眼花撩亂。簡單的擺設，在每位客人前面右一把刀、左一把叉、前一個杯。若有喝湯，湯匙擺在刀子的右邊。較正式則是左右各兩把刀叉，各有一水杯與酒杯。若是吃蝸牛肉，就有一把像吃水果用的小叉子，配合一個像是挖冰淇淋的小小圓器。若是吃魚肉，則有一把平剷。若是吃牛肉，則有一把帶有銳利齒狀的刀。若是吃海鮮大餐，餐桌上的餐具好似手術台上的用具：吃螃蟹的鉗子、挑螺肉的小叉子、挑小肉又長又細好像挖耳屎的用具等等。一般都是在餐廳裡慢慢享用這頓美食的。除刀叉與杯子以外，盤子的擺設是小平盤或深盤置於大平盤上，因為前者裡放沙拉菜、後者放湯。如不知道如何使用餐具，不必緊張，看看鄰座或對座再開動。

2. 你是否懂得餐桌上的禮儀呢？

(1) 如何吃法國的長棍麵包（baguette）：不要啃、咬，要用剝的，以免傷了嘴角。

(2) 如何吃生菜（例如萵苣 laitue）：不要切得太細，以免夾不起來。食用時要藉用刀叉，以叉按葉，再用刀捲葉，一步步就能把一大葉捲成一張小紙條，再放進嘴裡。而非一大片葉直接往嘴裡塞，沾得嘴角髒兮兮的，很不雅觀。

(3) 不要等待對方為你夾菜：中國人很盛情，因為擔心客人吃不飽、不斷地為對方夾菜，客人面前的碗總是滿滿的好像一座山。然而法國人的做法就不是如此，他們尊重客人的肚子，只將大盤順時或逆時鐘一個手接過一個手傳遞，同時說「請用（Servez-vous !）」。如果東西再次傳到你面前，主人有時候會說「請再拿（Resservez-vous !）」。如果你還想再吃，就不必客氣，自己再拿一些吧，不要虧待自己。如果你已經吃飽了，也不要勉強自己，跟對方說聲謝謝即可「（Merci, j'ai bien mangé.）」。

(4) 不要起身拿東西：如果你想要桌上任何東西，譬如水、胡椒罐、鹽罐，甚至想要多吃一點什麼東西，尤其是東西離你較遠時，絕對不要起身自取，這是不禮貌的。不妨請對方傳遞給你。因此，只需要開個尊口，東西就到你面前，多麼容易！這句話如何說：「Passez-moi l'eau (le sel, le poivre, le pain), s'il vous plaît !（請遞給我水、鹽、胡椒、麵包！）」。

(5) 吃飯不要發出聲：吃飯發出聲音不雅，喝湯更是不能發出怪聲音。端視法國人將一大塊牛肉塞進嘴裡，然後就閉起嘴細嚼之。喝湯時是湯匙由內往外舀湯，再送進嘴裡，是那麼文雅的吃法，完全不同於中國人「喝稀飯」或日本人「吸拉麵」的情景。

(6) 滿嘴食物不要說話：法國人吃飯時間很長，其原因有二：一則細品美食，二者是彼此間滔滔不絕的話題拉長用餐時間。滿嘴食物時宜避免發言、交談，等食物嚥下再發表言論也不遲，因為至少二到三小時的用餐時間足夠讓你高談闊論的。

事實上，用餐到一個半小時之後就深感疲憊，根本打不起勁加入話題，如果乾坐在那兒，會漸漸產生倦意。但是飯後離席前，主人提議的一杯咖啡（café）、花草茶（infusion）或飯後酒（digestif）又會讓人提起精神來了。

Pratique et activités 口語練習與教學活動

Pratique

- Tu préfères manger à la maison ou au restaurant ? Pourquoi ?
- Quel genre de cuisine tu aimes ? La cuisine japonaise, chinoise, thaïlandaise... ?
- Qu'est-ce que tu bois pendant les repas ? Du vin, de la bière, de l'eau, du thé... ?
- Est-ce que tu suis le sport à la télévision ? Quel(s) sport(s) ?
- Est-ce que tu suis un régime ? Pourquoi ?
- Est-ce que tu bois parfois du vin ? Et du kaoliang ?
- Est-ce que tu aimes le thé aux perles de tapioca ? Tu en bois souvent ?
- Comment tu vas à l'école / au collège / au lycée / à l'université / au travail ?
- Est-ce que tu prends souvent le métro ou le bus ?
- Tu préfères prendre le métro ou le bus ? Pourquoi ?
- Est-ce que tu te mets facilement en colère ?
- Est-ce que tu te mets du gel dans tes cheveux ?
- Tu mets combien de temps pour te préparer le matin ?

Activités

1. Trouver la bonne réponse.

1 - Est-ce que tu bois du whisky ?
2 - Elle suit un régime ?
3 - Tu as mis beaucoup de temps ?
4 - Tu prends le menu ?
5 - Tu suis le cours de conversation ?
6 - Il prend le bus pour venir ?

A - Presque une heure.
B - Non, je préfère la carte.
C - Oui, je dois beaucoup parler.
D - Oui, j'en prends parfois.
E - Non, il prend les Ubike.
F - Oui, elle veut maigrir.

1	2	3	4	5	6

2. Que prennent-ils ?

- du saumon fumé - des escargots - des cuisses de grenouille - des crevettes

1

Nous...

2

Je...

3

Elle...

4

Ils...

3. Que boivent-ils ?

- du champagne - de la bière - du lait - de l'eau gazeuse

1

Ils...

2

Je...

3

Nous...

4

Vous...

Mots croisés 找字遊戲

Retrouvez dix mots de la leçon.

A	C	O	I	N	C	B	M	D	I
R	E	S	T	A	U	R	A	N	T
B	L	U	F	U	C	L	N	Z	Y
C	G	S	T	C	T	O	G	N	H
U	J	H	M	U	S	S	E	K	P
I	Q	I	R	N	P	J	R	S	O
S	H	S	U	I	S	M	K	U	T
I	P	O	P	U	L	A	I	R	E
N	X	L	W	H	W	F	O	C	V
E	Q	U	A	R	T	I	E	R	B

1 : ....
2 : ....
3 : ....
4 : ....
5 : ....
6 : ....
7 : ....
8 : ....
9 : ....
10 : ....

Quizz 益智問答

Quel est le plat le plus consommé par les Français ?

- C'est le...

1 
Le steak frites

2 
Les escargots

3 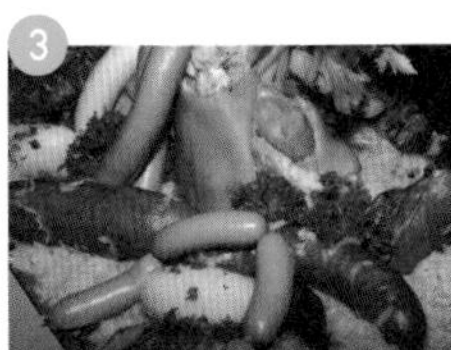
La choucroute

4 
La bouillabaisse

Annexes 1~5

Annexe 1 - Les sons du français 法語發音

Les voyelles 母音

MP3 181

[i] : il, midi

[e] : été, thé

[ɛ] : elle, après

[a] : ami, femme

[ɑ] : âne, pâte

[o] : eau, vélo

[ɔ] : or, pomme

[u] : où, nous

[y] : université, tu

[ø] : eux, deux

[œ] : œuf, peur

[ə] : le, cheval

Les voyelles nasales 鼻母音

[ɔ̃] : on, bonjour

[ɑ̃] : an, lampe

[ɛ̃] : timbre, vin

[œ̃] : un, parfum

Les semi-voyelles 半母音

[j] : crayon, fille

[w] : voici, voiture

[ɥ] : lui, suis

Les consonnes 子音

[p] : père, nappe

[b] : beau, robe

[t] : théâtre, été

[d] : doux, addition

[k] : cadeau, musique

[g] : gâteau, fatigué

[f] : téléphone, œuf

[v] : vous, interview

[s] : six, assez

[z] : zéro, oiseau

[ʃ] : Chine, acheter

[ʒ] : gens, voyage

[l] : liberté, aller

[r] : Paris, pour

[m] : mère, homme

[n] : nager, année

[ɲ] : agneau, montagne

Annexe 2 - Tableau des conjugaisons 動詞變化表

第一類動詞：「er」結尾，屬規則變化。

	Présent	Impératif
aimer	J'aime	
	Tu aimes	Aime
	Il / Elle / On aime	
	Nous aimons	Aimons
	Vous aimez	Aimez
	Ils / Elles aiment	
adorer	J'adore	
	Tu adores	Adore
	Il / Elle / On adore	
	Nous adorons	Adorons
	Vous adorez	Adorez
	Ils / Elles adorent	
préférer	Je préfère	
	Tu préfères	Préfère
	Il / Elle / On préfère	
	Nous préférons	Préférons
	Vous préférez	Préférez
	Ils / Elles préfèrent	
habiter	J'habite	
	Tu habites	Habite
	Il / Elle / On habite	
	Nous habitons	Habitons
	Vous habitez	Habitez
	Ils / Elles habitent	

Passé composé	Futur proche
J'ai aimé	Je vais aimer
Tu as aimé	Tu vas aimer
Il / Elle / On a aimé	Il / Elle / On va aimer
Nous avons aimé	Nous allons aimer
Vous avez aimé	Vous allez aimer
Ils / Elles ont aimé	Ils / Elles vont aimer
J'ai adoré	Je vais adorer
Tu as adoré	Tu vas adorer
Il / Elle / On a adoré	Il / Elle / On va adorer
Nous avons adoré	Nous allons adorer
Vous avez adoré	Vous allez adorer
Ils / Elles ont adoré	Ils / Elles vont adorer
J'ai préféré	Je vais préférer
Tu as préféré	Tu vas préférer
Il / Elle / On a préféré	Il / Elle / On va préférer
Nous avons préféré	Nous allons préférer
Vous avez préféré	Vous allez préférer
Ils / Elles ont préféré	Ils / Elles vont préférer
J'ai habité	Je vais habiter
Tu as habité	Tu vas habiter
Il / Elle / On a habité	Il / Elle / On va habiter
Nous avons habité	Nous allons habiter
Vous avez habité	Vous allez habiter
Ils / Elles ont habité	Ils / Elles vont habiter

	Présent	Impératif
chercher	Je cherche	
	Tu cherches	Cherche
	Il / Elle / On cherche	
	Nous cherchons	Cherchons
	Vous cherchez	Cherchez
	Ils / Elles cherchent	
trouver	Je trouve	
	Tu trouves	Trouve
	Il / Elle / On trouve	
	Nous trouvons	Trouvons
	Vous trouvez	Trouvez
	Ils / Elles trouvent	
regarder	Je regarde	
	Tu regardes	Regarde
	Il / Elle / On regarde	
	Nous regardons	Regardons
	Vous regardez	Regardez
	Ils / Elles regardent	
parler	Je parle	
	Tu parles	Parle
	Il / Elle / On parle	
	Nous parlons	Parlons
	Vous parlez	Parlez
	Ils / Elles parlent	

Passé composé	Futur proche
J'ai cherché	Je vais chercher
Tu as cherché	Tu vas chercher
Il / Elle / On a cherché	Il / Elle / On va chercher
Nous avons cherché	Nous allons chercher
Vous avez cherché	Vous allez chercher
Ils / Elles ont cherché	Ils / Elles vont chercher
J'ai trouvé	Je vais trouver
Tu as trouvé	Tu vas trouver
Il / Elle / On a trouvé	Il / Elle / On va trouver
Nous avons trouvé	Nous allons trouver
Vous avez trouvé	Vous allez trouver
Ils / Elles ont trouvé	Ils / Elles vont trouver
J'ai regardé	Je vais regarder
Tu as regardé	Tu vas regarder
Il / Elle / On a regardé	Il / Elle / On va regarder
Nous avons regardé	Nous allons regarder
Vous avez regardé	Vous allez regarder
Ils / Elles ont regardé	Ils / Elles vont regarder
J'ai parlé	Je vais parler
Tu as parlé	Tu vas parler
Il / Elle / On a parlé	Il / Elle / On va parler
Nous avons parlé	Nous allons parler
Vous avez parlé	Vous allez parler
Ils / Elles ont parlé	Ils / Elles vont parler

	Présent	Impératif
proposer	Je propose	
	Tu proposes	Propose
	Il / Elle / On propose	
	Nous proposons	Proposons
	Vous proposez	Proposez
	Ils / Elles proposent	
amuser	J'amuse	
	Tu amuses	Amuse
	Il / Elle / On amuse	
	Nous amusons	Amusons
	Vous amusez	Amusez
	Ils / Elles amusent	
manger	Je mange	
	Tu manges	Mange
	Il / Elle / On mange	
	Nous mangeons	Mangeons
	Vous mangez	Mangez
	Ils / Elles mangent	
déjeuner	Je déjeune	
	Tu déjeunes	Déjeune
	Il / Elle / On déjeune	
	Nous déjeunons	Déjeunons
	Vous déjeunez	Déjeunez
	Ils / Elles déjeunent	

Passé composé	Futur proche
J'ai proposé	Je vais proposer
Tu as proposé	Tu vas proposer
Il / Elle / On a proposé	Il / Elle / On va proposer
Nous avons proposé	Nous allons proposer
Vous avez proposé	Vous allez proposer
Ils / Elles ont proposé	Ils / Elles vont proposer
J'ai amusé	Je vais amuser
Tu as amusé	Tu vas amuser
Il / Elle / On a amusé	Il / Elle / On va amuser
Nous avons amusé	Nous allons amuser
Vous avez amusé	Vous allez amuser
Ils / Elles ont amusé	Ils / Elles vont amuser
J'ai mangé	Je vais manger
Tu as mangé	Tu vas manger
Il / Elle / On a mangé	Il / Elle / On va manger
Nous avons mangé	Nous allons manger
Vous avez mangé	Vous allez manger
Ils / Elles ont mangé	Ils / Elles vont manger
J'ai déjeuné	Je vais déjeuner
Tu as déjeuné	Tu vas déjeuner
Il / Elle / On a déjeuné	Il / Elle / On va déjeuner
Nous avons déjeuné	Nous allons déjeuner
Vous avez déjeuné	Vous allez déjeuner
Ils / Elles ont déjeuné	Ils / Elles vont déjeuner

	Présent	Impératif
dîner	Je dîne Tu dînes Il / Elle / On dîne Nous dînons Vous dînez Ils / Elles dînent	 Dîne Dînons Dînez
s'appeler	Je m'appelle Tu t'appelles Il / Elle / On s'appelle Nous nous appelons Vous vous appelez Ils / Elles s'appellent	 Appelle-toi Appelons-nous Appelez-vous
s'amuser	Je m'amuse Tu t'amuses Il / Elle / On s'amuse Nous nous amusons Vous vous amusez Ils / Elles s'amusent	 Amuse-toi Amusons-nous Amusez-vous

Passé composé	Futur proche
J'ai dîné	Je vais dîner
Tu as dîné	Tu vas dîner
Il / Elle / On a dîné	Il / Elle / On va dîner
Nous avons dîné	Nous allons dîner
Vous avez dîné	Vous allez dîner
Ils / Elles ont dîné	Ils / Elles vont dîner
Je me suis appelé(e)	Je vais m'appeler
Tu t'es appelé(e)	Tu vas t'appeler
Il s'est appelé	Il / Elle / On va s'appeler
Elle s'est appelée	Nous allons nous appeler
On s'est appelé(e)(s)	Vous allez vous appeler
Nous nous sommes appelé(e)s	Ils / Elles vont s'appeler
Vous vous êtes appelé(e)s	
Ils se sont appelés	
Elles se sont appelées	
Je me suis amusé(e)	Je vais m'amuser
Tu t'es amusé(e)	Tu vas t'amuser
Il s'est amusé	Il / Elle / On va s'amuser
Elle s'est amusée	Nous allons nous amuser
On s'est amusé(e)(s)	Vous allez vous amuser
Nous nous sommes amusé(e)s	Ils / Elles vont s'amuser
Vous vous êtes amusé(e)s	
Ils se sont amusés	
Elles se sont amusées	

第二類：「ir」結尾，屬規則變化。

	Présent	Impératif
finir	Je finis	
	Tu finis	Finis
	Il / Elle / On finit	
	Nous finissons	Finissons
	Vous finissez	Finissez
	Ils / Elles finissent	
choisir	Je choisis	
	Tu choisis	Choisis
	Il / Elle / On choisit	
	Nous choisissons	Choisissons
	Vous choisissez	Choisissez
	Ils / Elles choisissent	

第三類：不規則變化。

	Présent	Impératif
faire	Je fais	
	Tu fais	Fais
	Il / Elle / On fait	
	Nous faisons	Faisons
	Vous faites	Faites
	Ils / Elles font	

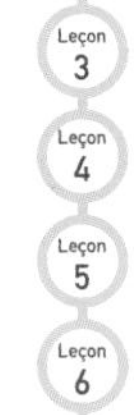

Passé composé	Futur proche
J'ai fini	Je vais finir
Tu as fini	Tu vas finir
Il / Elle / On a fini	Il / Elle / On va finir
Nous avons fini	Nous allons finir
Vous avez fini	Vous allez finir
Ils / Elles ont fini	Ils / Elles vont finir
J'ai choisi	Je vais choisir
Tu as choisi	Tu vas choisir
Il / Elle / On a choisi	Il / Elle / On va choisir
Nous avons choisi	Nous allons choisir
Vous avez choisi	Vous allez choisir
Ils / Elles ont choisi	Ils / Elles vont choisir

Passé composé	Futur proche
J'ai fait	Je vais faire
Tu as fait	Tu vas faire
Il / Elle / On a fait	Il / Elle / On va faire
Nous avons fait	Nous allons faire
Vous avez fait	Vous allez faire
Ils / Elles ont fait	Ils / Elles vont faire

	Présent	Impératif
dire	Je dis	
	Tu dis	Dis
	Il / Elle / On dit	
	Nous disons	Disons
	Vous dites	Dites
	Ils / Elles disent	
venir	Je viens	
	Tu viens	Viens
	Il / Elle / On vient	
	Nous venons	Venons
	Vous venez	Venez
	Ils / Elles viennent	
savoir	Je sais	
	Tu sais	Sache
	Il / Elle / On sait	
	Nous savons	Sachons
	Vous savez	Sachez
	Ils / Elles savent	
voir	Je vois	
	Tu vois	Vois
	Il / Elle / On voit	
	Nous voyons	Voyons
	Vous voyez	Voyez
	Ils / Elles voient	

Passé composé	Futur proche
J'ai dit	Je vais dire
Tu as dit	Tu vas dire
Il / Elle / On a dit	Il / Elle / On va dire
Nous avons dit	Nous allons dire
Vous avez dit	Vous allez dire
Ils / Elles ont dit	Ils / Elles vont dire
Je suis venu(e)	Je vais venir
Tu es venu(e)	Tu vas venir
Il est venu	Il / Elle / On va venir
Elle est venue	Nous allons venir
On est venu(e)(s)	Vous allez venir
Nous sommes venu(e)s	Ils / Elles vont venir
Vous êtes venu(e)s	
Ils sont venus	
Elles sont venues	
J'ai su	Je vais savoir
Tu as su	Tu vas savoir
Il / Elle / On a su	Il / Elle / On va savoir
Nous avons su	Nous allons savoir
Vous avez su	Vous allez savoir
Ils / Elles ont su	Ils / Elles vont savoir
J'ai vu	Je vais voir
Tu as vu	Tu vas voir
Il / Elle / On a vu	Il / Elle / On va voir
Nous avons vu	Nous allons voir
Vous avez vu	Vous allez voir
Ils / Elles ont vu	Ils / Elles vont voir

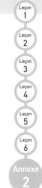

	Présent	Impératif
connaître	Je connais	
	Tu connais	Connais
	Il / Elle / On connaît	
	Nous connaissons	Connaissons
	Vous connaissez	Connaissez
	Ils / Elles connaissent	
plaire	Je plais	
	Tu plais	Plais
	Il / Elle / On plaît	
	Nous plaisons	Plaisons
	Vous plaisez	Plaisez
	Ils / Elles plaisent	
répondre	Je réponds	
	Tu réponds	Réponds
	Il / Elle / On répond	
	Nous répondons	Répondons
	Vous répondez	Répondez
	Ils / Elles répondent	
vouloir	Je veux	
	Tu veux	Veux / Veuille
	Il / Elle / On veut	
	Nous voulons	Voulons / Veuillons
	Vous voulez	Voulez / Veuillez
	Ils / Elles veulent	

Passé composé	Futur proche
J'ai connu	Je vais connaître
Tu as connu	Tu vas connaître
Il / Elle / On a connu	Il / Elle / On va connaître
Nous avons connu	Nous allons connaître
Vous avez connu	Vous allez connaître
Ils / Elles ont connu	Ils / Elles vont connaître
J'ai plu	Je vais plaire
Tu as plu	Tu vas plaire
Il / Elle / On a plu	Il / Elle / On va plaire
Nous avons plu	Nous allons plaire
Vous avez plu	Vous allez plaire
Ils / Elles ont plu	Ils / Elles vont plaire
J'ai répondu	Je vais répondre
Tu as répondu	Tu vas répondre
Il / Elle / On a répondu	Il / Elle / On va répondre
Nous avons répondu	Nous allons répondre
Vous avez répondu	Vous allez répondre
Ils / Elles ont répondu	Ils / Elles vont répondre
J'ai voulu	Je vais vouloir
Tu as voulu	Tu vas vouloir
Il / Elle / On a voulu	Il / Elle / On va vouloir
Nous avons voulu	Nous allons vouloir
Vous avez voulu	Vous allez vouloir
Ils / Elles ont voulu	Ils / Elles vont vouloir

	Présent	Impératif	
pouvoir	Je peux		
	Tu peux		
	Il / Elle / On peut		
	Nous pouvons		
	Vous pouvez		
	Ils / Elles peuvent		
devoir	Je dois		
	Tu dois	Dois	
	Il / Elle / On doit		
	Nous devons	Devons	
	Vous devez	Devez	
	Ils / Elles doivent		
boire	Je bois		
	Tu bois	Bois	
	Il / Elle / On boit		
	Nous buvons	Buvons	
	Vous buvez	Buvez	
	Ils / Elles boivent		
suivre	Je suis		
	Tu suis	Suis	
	Il / Elle / On suit		
	Nous suivons	Suivons	
	Vous suivez	Suivez	
	Ils / Elles suivent		

Passé composé	Futur proche
J'ai pu	Je vais pouvoir
Tu as pu	Tu vas pouvoir
Il / Elle / On a pu	Il / Elle / On va pouvoir
Nous avons pu	Nous allons pouvoir
Vous avez pu	Vous allez pouvoir
Ils / Elles ont pu	Ils / Elles vont pouvoir
J'ai dû	Je vais devoir
Tu as dû	Tu vas devoir
Il / Elle / On a dû	Il / Elle / On va devoir
Nous avons dû	Nous allons devoir
Vous avez dû	Vous allez devoir
Ils / Elles ont dû	Ils / Elles vont devoir
J'ai bu	Je vais boire
Tu as bu	Tu vas boire
Il / Elle / On a bu	Il / Elle / On va boire
Nous avons bu	Nous allons boire
Vous avez bu	Vous allez boire
Ils / Elles ont bu	Ils / Elles vont boire
J'ai suivi	Je vais suivre
Tu as suivi	Tu vas suivre
Il / Elle / On a suivi	Il / Elle / On va suivre
Nous avons suivi	Nous allons suivre
Vous avez suivi	Vous allez suivre
Ils / Elles ont suivi	Ils / Elles vont suivre

	Présent	Impératif
prendre	Je prends Tu prends Il / Elle / On prend Nous prenons Vous prenez Ils / Elles prennent	 Prends Prenons Prenez
falloir	Il faut	

例外：

	Présent	Impératif
être	Je suis Tu es Il / Elle / On est Nous sommes Vous êtes Ils / Elles sont	 Sois Soyons Soyez
avoir	J'ai Tu as Il / Elle / On a Nous avons Vous avez Ils / Elles ont	 Aie Ayons Ayez
aller	Je vais Tu vas Il / Elle / On va Nous allons Vous allez Ils / Elles vont	 Va Allons Allez

Passé composé	Futur proche
J'ai pris	Je vais prendre
Tu as pris	Tu vas prendre
Il / Elle / On a pris	Il / Elle / On va prendre
Nous avons pris	Nous allons prendre
Vous avez pris	Vous allez prendre
Ils / Elles ont pris	Ils / Elles vont prendre
Il a fallu	Il va falloir

Passé composé	Futur proche
J'ai été	Je vais être
Tu as été	Tu vas être
Il / Elle / On a été	Il / Elle / On va être
Nous avons été	Nous allons être
Vous avez été	Vous allez être
Ils / Elles ont été	Ils / Elles vont être
J'ai eu	Je vais avoir
Tu as eu	Tu vas avoir
Il / Elle / On a eu	Il / Elle / On va avoir
Nous avons eu	Nous allons avoir
Vous avez eu	Vous allez avoir
Ils / Elles ont eu	Ils / Elles vont avoir
Je suis allé(e)	Je vais aller
Tu es allé(e)	Tu vas aller
Il est allé	Il / Elle / On va aller
Elle est allée	Nous allons aller
On est allé(e)(s)	Vous allez aller
Nous sommes allé(e)s	Ils / Elles vont aller
Vous êtes allé(e)s	
Ils sont allés	
Elles sont allées	

Annexe 3 - Vocabulaire 字彙

Chiffres 數字 0 - 100

MP3 186

zéro	0	...	
un	1	vingt-huit	28
deux	2	vingt-neuf	29
trois	3	**trente**	**30**
quatre	4	trente et un	31
cinq	5	trente-deux	32
six	6	trente-trois	33
sept	7	...	
huit	8	trente-huit	38
neuf	9	trente-neuf	39
dix	**10**	**quarante**	**40**
onze	11	quarante et un	41
douze	12	quarante-deux	42
treize	13	quarante-trois	43
quatorze	14	...	
quinze	15	quarante-huit	48
seize	16	quarante-neuf	49
dix-sept	17	**cinquante**	**50**
dix-huit	18	cinquante et un	51
dix-neuf	19	cinquante-deux	52
vingt	**20**	cinquante-trois	53
vingt et un	21	...	
vingt-deux	22	cinquante-huit	58
vingt-trois	23	cinquante-neuf	59

soixante	60
soixante et un	61
soixante-deux	62
soixante-trois	63
...	
soixante-huit	68
soixante-neuf	69

在法文裡 70 - 79 是加法，用「60」為基數往上加。

soixante-dix	70 = 60+10
soixante et onze	71 = 60+11
soixante-douze	72 = 60+12
soixante-treize	73 = 60+13
soixante-quatorze	74 = 60+14
soixante-quinze	75 = 60+15
soixante-seize	76 = 60+16
soixante-dix-sept	77 = 60+17
soixante-dix-huit	78 = 60+18
soixante-dix-neuf	79 = 60+19

quatre-vingts	80 = 4x20

81- 89 是乘法與加法，「4x20」，再加上「1-9」的組合。

quatre-vingt-un	81 = 4x20+1
quatre-vingt-deux	82 = 4x20+2
quatre-vingt-trois	83 = 4x20+3
quatre-vingt-quatre	84 = 4x20+4
quatre-vingt-cinq	85 = 4x20+5
quatre-vingt-six	86 = 4x20+6
quatre-vingt-sept	87 = 4x20+7
quatre-vingt-huit	88 = 4x20+8
quatre-vingt-neuf	89 = 4x20+9

quatre-vingt-dix	90 = 4x20+10

91-99 是乘法與加法，「4x20」，再加上「11-19」的組合。

quatre-vingt-onze	91 = 4x20+11
quatre-vingt-douze	92 = 4x20+12
quatre-vingt-treize	93 = 4x20+13
quatre-vingt-quatorze	94 = 4x20+14
quatre-vingt-quinze	95 = 4x20+15
quatre-vingt-seize	96 = 4x20+16
quatre-vingt-dix-sept	97 = 4x20+17
quatre-vingt-dix-huit	98 = 4x20+18
quatre-vingt-dix-neuf	99 = 4x20+19
cent	100

Les noms de pays, de langues et de nationalités

國名、語言、國籍

Pays 國家	Langue 語言	Nationalité 國籍（陽性）	Nationalité 國籍（陰性）
Taïwan 台灣	le chinois	taïwanais	taïwanaise
Le Japon 日本	le japonais	japonais	japonaise
Le Vietnam 越南	le vietnamien	vietnamien	vietnamienne
Le Canada 加拿大	le français, l'anglais	canadien	canadienne
Le Brésil 巴西	le portugais	brésilien	brésilienne
Le Portugal 葡萄牙	le portugais	portugais	portugaise
Le Danemark 丹麥	le danois	danois	danoise
L'Argentine 阿根廷	l'espagnol	argentin	argentine
Le Mexique 墨西哥	l'espagnol	mexicain	mexicaine
La Chine 中國	le chinois	chinois	chinoise
La Thaïlande 泰國	le thaï	thaïlandais	thaïlandaise
La Corée (du sud) 韓國	le coréen	coréen	coréenne
La Malaisie 馬來西亞	le malaisien	malaisien	malaisienne
L'Indonésie 印尼	l'indonésien	indonésien	indonésienne
La France 法國	le français	français	française
La Belgique 比利時	le français, l'allemand, le néerlandais	belge	belge
La Suisse 瑞士	le français, l'allemand, l'italien, le romanche	suisse	suisse

Pays 國家	Langue 語言	Nationalité 國籍（陽性）	Nationalité 國籍（陰性）
La Grèce 希臘	le grec	grec	grecque
La Suède 瑞典	le suédois	suédois	suédoise
La Norvège 挪威	le norvégien	norvégien	norvégienne
La Finlande 芬蘭	le finlandais	finlandais	finlandaise
La Russie 俄羅斯	le russe	russe	russe
La Croatie 克羅埃西亞	le croate	croate	croate
L'Angleterre 英國	l'anglais	anglais	anglaise
L'Allemagne 德國	l'allemand	allemand	allemande
L'Espagne 西班牙	l'espagnol	espagnol	espagnole
L'Italie 義大利	l'italien	italien	italienne
Les Pays-Bas 荷蘭 La Hollande	le néerlandais	hollandais	hollandaise
Les Philippines 菲律賓	le tagalog	philippin	philippine
Les États-Unis 美國	l'anglais	américain	américaine
L'Arabie Saoudite 沙烏地阿拉伯	l'arabe	saoudien	saoudienne
La Tunisie 突尼西亞	l'arabe, le français	tunisien	tunisienne
Cuba 古巴	l'espagnol	cubain	cubaine
Madagascar 馬達加斯加	le malgache, le français	malgache	malgache
Israël 以色列	l'hébreu	israélien	israélienne

À la boulangerie ou à la pâtisserie 在麵包店或糕餅店 MP3 188

un sandwich 三明治
un hamburger 漢堡
un croissant 可頌
un pain au chocolat 巧克力麵包
un pain aux raisins 葡萄麵包
une brioche 法國奶油麵包
une baguette 法式長棍麵包
un pain 麵包
un pain de campagne 鄉下麵包
un pain complet 全麥麵包
un chausson aux pommes 蘋果麵包
une tarte aux pommes 蘋果派
une tarte aux fraises 草莓派
une tarte au citron 檸檬派
une tarte Tatin 翻轉蘋果派
une mousse au chocolat 巧克力慕斯
une crème brûlée 烤布蕾

L'apéritif et le digestif 開胃酒及飯後酒 MP3 189

un apéritif 飯前酒
un kir 基爾酒（白葡萄酒與黑醋栗酒混合而成）
un kir royal 皇家基爾酒（香檳與黑醋栗甜酒混合而成）
un pastis 茴香酒
un diabolo menthe 薄荷飲料

un jus de fruits 水果汁
un jus d'orange 橘子汁
un jus de pomme / de raisin / de pamplemousse
蘋果汁、葡萄汁、葡萄柚汁
un whisky 威士忌
un cognac 干邑酒
un Gin Tonic 琴酒
un porto 波特酒
une liqueur 甜酒
une eau de vie 白蘭地
des cerises à l'eau de vie 櫻桃白蘭地

La nourriture 食物

MP3 190

un barbecue 烤肉
des amuse-gueules 飯前小點
une assiette de fromages 一盤乳酪
une salade niçoise 尼斯沙拉
une assiette de charcuterie 一盤火腿與香腸類拼盤
une huître 生蠔
un escargot 蝸牛
une soupe à l'oignon 洋蔥湯
une quiche lorraine 洛林鹹派
du bœuf bourguignon 紅酒燉牛肉
un steak-frites 牛排薯條
un coq au vin 紅酒燉雞
une choucroute 酸菜醃肉香腸

des fruits de mer 海鮮
un poisson 魚
une galette 鹹的可麗餅（蕎麥麵粉）
une crêpe 甜的可麗餅（一般麵粉）

La viande 肉類

de la viande 肉
du bœuf 牛肉
du veau 小牛肉
du poulet 雞肉
du porc 豬肉
du canard 鴨肉
du mouton 羊肉
de l'agneau 小羊肉
du lapin 兔肉
une saucisse 香腸
un saucisson 臘腸
du pâté 肉醬
de la terrine 肉凍

Les légumes 蔬菜

un légume 蔬菜
un chou / des choux 甘藍菜
une carotte 胡蘿蔔
une pomme de terre 馬鈴薯
un navet 白蘿蔔

un haricot vert 四季豆
un haricot blanc 白豆
des lentilles 扁豆
des pois cassés 豌豆
du céleri 芹菜
de la salade 沙拉
une salade verte (laitue, romaine, frisée, scarole)
綠色沙拉（有萵苣類蔬菜的沙拉）
une tomate 番茄
une betterave 甜菜
un oignon 洋蔥
de l'ail 大蒜
un chou-fleur 花椰菜
des poireaux 韭蔥
du persil 香芹
un avocat 酪梨

Des fruits 水果

une pomme 蘋果
une poire 梨子
une banane 香蕉
une orange 柳橙
un pamplemousse 葡萄柚
une mangue 芒果
un ananas 鳳梨
une pastèque 西瓜
un melon 杏瓜

une cerise 櫻桃
une prune 李子
un abricot 杏桃
du raisin 葡萄
une fraise 草莓
une framboise 覆盆子
une papaye 木瓜
un litchi 荔枝
un durian 榴槤

■ Service de table 餐具

une assiette creuse 深盤
une assiette plate 平盤
une petite / grande assiette 小 / 大盤
une fourchette 叉子
une petite / grande cuillère 小 / 大湯匙
un couteau 刀子
un verre à eau 水杯
un verre à vin 酒杯
une flûte à champagne 長形香檳酒杯
une coupe à champagne 寬面香檳酒杯
une tasse 杯子
un bol 碗
une paire de baguettes 一雙筷子

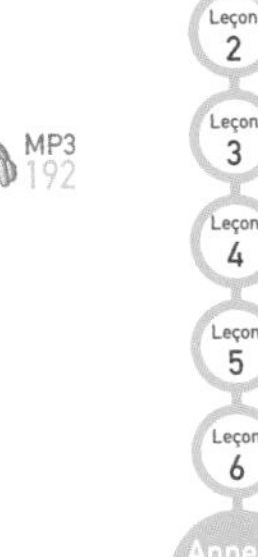

Expressions de quantité 數量片語

MP3 192

un verre d'eau 一杯水
une carafe d'eau 一壺水
une bouteille d'eau 一瓶水
une bouteille d'Evian 一瓶依雲礦泉水
une tasse de café 一杯咖啡
une cannette de bière 一罐啤酒
un morceau de pain 一塊麵包
une tranche de jambon 一片火腿
un sachet de bonbons 一包糖果
un litre de lait 一升牛奶
un kilo de sucre 一公斤糖
un morceau de sucre 一塊方糖

La famille 家庭

des grands-parents 祖父母
un grand-père 祖父
une grand-mère 祖母
des parents 父母親
un père 父親
une mère 母親
un frère 哥哥、弟弟
une sœur 姊姊、妹妹
un oncle 叔叔、舅舅
une tante 阿姨、姑姑
un cousin 堂（表）哥、堂（表）弟
une cousine 堂（表）姊、堂（表）妹
un neveu 侄子
une nièce 侄女

■ Les adjectifs 形容詞

MP3 194

grand(e) 大的、高大的

petit(e) 小的、矮的

calme 安靜的

bruyant(e) 吵雜的

clair(e) 明亮的

sombre 暗的

ensoleillé(e) 有陽光的

sans soleil 無陽光的

vieux / vieille 舊的

jeune / nouveau / nouvelle 新的

ancien(ne) 古老的

moderne 現代的

confortable 舒服的

inconfortable 不舒服的

amusant(e) 有趣的

triste 令人難過的

content(e) 高興的

mécontent(e) 不高興的

sympathique 親切的

antipathique 不親切的

seul(e) 單獨的

accompagné(e) 有人陪伴的

intéressant(e) 有意思的

inintéressant(e) 不有趣的

original(e) 獨特的

banal(e) 普通的

fatigué(e) 疲倦的

en forme 有精神的

bon / bonne 好的

mauvais(e) 差的

beau / bel / belle 美麗的

laid(e) / moche 醜的

Annexe 4 - Grammaire 文法

■ Les articles 冠詞

	Singulier		Pluriel	
	Masculin	Féminin	Masculin	Féminin
Articles indéfinis 不定冠詞	**un** ami **un** ordinateur	**une** amie **une** voiture	**des** amis **des** ordinateurs **des** légumes	**des** amis **des** voitures
Articles définis 定冠詞	**le** musée **l'**hôtel	**la** clé USB **l'**université	**les** musées **les** hôtels	**les** clés USB **les** universités
Articles partitifs 部分冠詞	**du** café	**de la** bière		
Articles contractés 合併冠詞 **à + le = au** **à + les = aux** **de + le = du** **de + les = des**	Je vais **au** cinéma. L'ordinateur **du** professeur.		Il va **aux** toilettes. Les livres **des** étudiants.	

■ Les adjectifs démonstratifs 指示形容詞

Masculin	Féminin	Pluriel
ce jeu vidéo	**cette** chanson	**ces** jeux vidéo, **ces** chansons
cet appartement		**ces** appartements

■ Les adjectifs possessifs 所有格形容詞

Singulier		Pluriel
Masculin	Féminin	Masculin et Féminin
mon père	**ma** mère	**mes** lunettes
ton livre	**ta** casquette	**tes** baskets
son CD	**sa** montre	**ses** camarades de classe
notre ami	**notre** maison	**nos** photos
votre sac	**votre** famille	**vos** souvenirs
leur chapeau	**leur** école	**leurs** affaires

■ Formation des verbes 動詞變化

首先認識過去時態的動詞變化，複合過去時（passé composé）與愈過去時（plus-que-parfait）之變化都要與助動詞（auxiliaire）配合，而過去未完成時（imparfait）就不需要。如何選擇助動詞「avoir」或「être」呢？請牢記以下三個規則：

(1) 一般的動詞都與助動詞「avoir」配合，例如：parler、manger、boire、dormir、comprendre、lire……等等。

(2) 共有十四個移位動詞與助動詞「être」配合，例如：aller、venir、partir、entrer、sortir、monter、descendre、passer、retourner、naître、mourir、tomber、arriver、rester。

(3) 在以上十四個移位動詞中有六個動詞（entrer、sortir、monter、descendre、

passer、retourner）是既可用助動詞「être」也可用「avoir」。如何分辨？請看以下例句：

- Il a monté **sa valise**.

  直接受詞補語

（他把他的行李拿上去了。動詞之後有直接受詞補語。）

- Il est monté dans sa chambre.

（他上樓去他的房間了。動詞之後無直接受詞補語）

- Elle a passé **un bon week-end**.

  直接受詞補語

（她度過了一個美好的週末。動詞之後有直接受詞補語。）

Ordre des pronoms 代名詞的位置

Sujet (1)	Réfl. (qqch / qqn) (2)	COI (qqn) (3)
Je (J') Tu	me (m') te (t')	me (m') te (t')
Il Elle	se (s') se (s')	**lui** **lui**
Nous Vous	nous vous	nous vous
Ils Elles	se (s') se (s')	**leur** **leur**

Différents types de COD (4-6) et leurs pronoms (en-le-la-les)

du	**en** + verbe	le	**le** + verbe
de la	**en** + verbe	la	**la** + verbe
des	**en** + verbe	les	**les** + verbe
un	**en** + verbe + **un**	mon / ton / son...	**le** + verbe
une	**en** + verbe + **une**	ma / ta / sa...	**la** + verbe
deux	**en** + verbe + **deux**	mes / tes / ses...	**les** + verbe
beaucoup de	**en** + verbe + **beaucoup**		
un peu de	**en** + verbe + **un peu**	ce / cet	**le** + verbe
quelques	**en** + verbe + **quelques-un(e)s**	cette	**la** + verbe
un kilo de	**en** + verbe + **un kilo**	ces	**les** + verbe
pas de / plus de	**en** + verbe + **pas**		

	COD (qqch / qqn) (4)	COI (qqch) (5)	COD / COI (6)	Ap. prépos. (qqn) (avec, pour, etc.) (7)
	me (m') te (t')			**moi** **toi**
	le (l') **la (l')**	y	en	**lui** **elle**
	nous vous			**nous** **vous**
	les **les**			**eux** **elles**

Différents types de COI (5-6) et leurs pronoms (y - en)

V + **à qqch** : s'habituer à qqch, tenir à qqch, penser à qqch... **y** + verbe (5)

- Tu tiens à cette chemise ?
- Oui, j'**y** tiens beaucoup.

V + **de qqch** : se servir de qqch, avoir besoin / envie / peur de qqch... **en** + verbe (6)

- Tu te sers de ton ordinateur ?
- Oui, je m'**en** sers.

V + **à qqn** : s'habituer à qqn, penser à qqn, tenir à qqn... **à** + pron. ap. prép (7)

- Tu t'habitues à tes nouveaux camarades ?
- Oui, je m'habitue bien à eux.

V + **de qqn** : avoir besoin / peur de qqn, se servir de qqn... **de** + pron. ap. prép (7)

- Tu as peur de ta maîtresse ?
- Non, je n'ai pas peur **d**'elle.

Adverbes, adjectifs et pronoms indéfinis exprimant une quantité
用副詞、形容詞與不定代名詞表達多寡

Une personne	**quelqu'un** - Je parle à **quelqu'un**. - J'ai vu **quelqu'un** dans le jardin. - Tu connais **quelqu'un** ? - **Quelqu'un** te parle.
Une chose	**quelque chose** - Je mange **quelque chose**. - Veux-tu **quelque chose** ? - **Quelque chose** ne va pas ? - J'ai **quelque chose** à te dire.
Un endroit	**quelque part** - Veux-tu aller **quelque part** ? - Il est **quelque part**, en France. - **Quelque part**, il y a quelqu'un qui pense à toi.
Le temps	**une fois** **quelquefois - parfois** **de temps en temps** - Je suis allé **une fois** au théâtre. - Je vais **parfois / quelquefois** au théâtre. - **De temps en temps**, je vais au théâtre. - Je suis **parfois / quelquefois** allé au théâtre. - **Parfois**, je ne te comprends pas.

tout le monde
tous les gens / tous les étudiants...

- Je parle à **tout le monde**.
- Je connais **tout le monde / tous les gens**.
- **Tout le monde** se tait.
- **Tous les étudiants** se taisent.

ne + verbe + personne

- Je **ne** parle à **personne**.
- Je **n'**ai parlé à **personne**.
- Je **ne** connais **personne**.
- **Personne ne** se tait.

tout

- Je mange **tout**. / J'ai **tout** mangé.
- Je mange de **tout**. / J'ai mangé de **tout**.
- Je vois **tout**. / J'ai **tout** vu.
- **Tout** est parfait. / **Tout** a été parfait.
- Je te dis **tout**. / Je t'ai **tout** dit.

ne + verbe + rien

- Je **ne** mange **rien**. / Je **n'**ai **rien** mangé
- Je **ne** vois **rien**. / Je **n'**ai **rien** vu.
- **Rien n'**est parfait.
- Je **ne** te dis **rien**. / Je **ne** t'ai **rien** dit.

partout

- Je veux aller **partout**.
- Il est allé **partout** en Europe.
- **Partout**, on ne voit que du sable et des pierres.
- Il y a du monde **partout** !

ne + verbe + nulle part

- Je **ne** suis allé **nulle part**.
- **Nulle part** on n'est aussi bien qu'ici.

toujours
tout le temps

- Je suis **toujours** dans mon bureau.
  = Je suis encore dans mon bureau. (still)
- Je suis **toujours** dans mon bureau.
  = Je suis **tout le temps** dans mon bureau. (always)
- J'ai **toujours** tenu mes promesses.

ne + verbe + jamais

- Je **ne** vais **jamais** au théâtre.
- Il **n'**est **jamais** dans son bureau.
- Je **ne** suis **jamais** allé en France.
- **N'**as-tu **jamais** connu le grand amour ? (As-tu déjà connu le grand amour ?)

■ Les verbes pronominaux 代動詞

代動詞共分四種：自反動詞（verbes de sens réfléchis）、互反動詞（verbes de sens réciproques）、必反動詞（verbes uniquement pronominaux）與含有被動的反身動詞（verbes de sens passif）。

(1) **自反動詞：**se réveiller（醒來）、se lever（起床）、s'habiller（穿上衣服）、se déshabiller（脫掉衣服）、se doucher（洗淋浴）、se laver（梳洗）、se coiffer（梳頭髮）、se parfumer（噴香水）、se maquiller（化妝）、se raser（刮鬍子）、se coucher（上床）、s'endormir（入睡）、se reposer（休息）、se promener（散步）、s'amuser（自娛）、s'ennuyer（無聊）等等。

(2) **互反動詞：**se rencontrer（相遇）、se voir（相見）、se téléphoner（互通電話）、se parler（互相交談）、s'écrire（互相通信）、s'aimer（相愛）、se marier（結婚）等等。

(3) **必反動詞：**s'arrêter（停止）、s'installer（安頓）、se trouver（位於）、se taire（閉嘴）、s'intéresser（感興趣）、se servir de（用）、se souvenir de（回憶）、se tromper de（弄錯）、se mettre à（開始）、s'excuser（抱歉）等等。

(4) **含有被動的反身動詞：**se faire（被做）、se dire（被說）、se vendre（被賣）、se manger（被吃）、se boire（被喝）、se parler（被說）、s'utiliser（被用）、se prononcer（被發音）等等。

Annexe 5 - Liens hypertexte 網路延伸學習

Leçon 1

Usages de Oh là là

https://goo.gl/ctCrhM

Différentes façons de se saluer

https://goo.gl/e7iwfD

Shopping (BBC)

https://goo.gl/7Smknh

Au supermarché

https://goo.gl/VrsnQA

Le marché d'Aligre, à Paris

https://goo.gl/jPaHFZ

Tu ou vous ?

https://goo.gl/W7Ckp1

Se saluer – Dialogues

https://goo.gl/rUy5SW

Compléter 6 dialogues

https://goo.gl/B9RQRo

Compréhension des dialogues

https://goo.gl/2bFEmN

Saluer : 15 situations

https://goo.gl/wdJa5g

Leçon 2

Se présenter - Exercices CIEL Brest

https://goo.gl/vcz9My

Se présenter ; exercices TV5 Monde

https://goo.gl/sWgJS1

Les professions : Gala French Channel

https://goo.gl/9QRaHY

Les professions : YouLearnFrench

https://goo.gl/VpLnz2

Le maître du pain : le meilleur du monde de Jamy

https://goo.gl/ZQSVSN

Les métiers - Exercice

https://goo.gl/ircXwZ

Les métiers - Exercice

https://goo.gl/eNkk9R

Les métiers - Exercice

https://goo.gl/nq6sMQ

Adjectifs interrogatifs - Exercice

https://goo.gl/1tKe7s

Adjectifs possessifs - Exercice

https://goo.gl/5mWBxL

Leçon 3

Parler de ses goûts : Atelier du français

https://goo.gl/SDDwzf

Les loisirs des Français : Zapping info Obs TV

https://goo.gl/ByvKC4

Les loisirs culturels : Ed Cieslak

https://goo.gl/zfp5YV

Les loisirs des jeunes Français

https://goo.gl/kMrww6

50 ans du premier Hypermarché Carrefour

https://goo.gl/vwvGkS

Philosophes des Lumières

https://goo.gl/aESEzg

Les Lumières

https://goo.gl/PbPDV7

J'aime - Je n'aime pas - Exercices

https://goo.gl/KXk7MP

Qu'est-ce que tu aimes faire ?

https://goo.gl/LNFqwA

Article partitif ou article défini contracté ?

https://goo.gl/XAMt1m

Indéfinis, partitifs et négation : L'opposition

https://goo.gl/ZU459y

Leçon 4

Tanguy - Bande-annonce VF

https://goo.gl/GZP6KU

Tanguy Extrait vidéo VF

https://goo.gl/NtsKwW

L'Auberge Espagnole - Bande-annonce VF

https://goo.gl/Adg9Z9

L'Auberge Espagnole - Extrait vidéo VF

https://goo.gl/TTiV9v

Visite Chalet 3D Temps Réel

https://goo.gl/Sx1CcE

Châteaux de la Loire (France From Above HD) Anglais

https://goo.gl/8Bcrwj

Château de Menthon Saint-Bernard Haute-Savoie HD

https://goo.gl/cb5FoC

Visite bungalow récent

https://goo.gl/4626Fb

Week-end : qui sont les Français qui partent le plus ?

https://goo.gl/qrryB7

Comment jouer à la pétanque

https://goo.gl/fPqTg1

La Belle au Bois Dormant - Extrait : combattre le dragon

https://goo.gl/GdW5Xi

La Belle au Bois Dormant - Extrait : la malédiction

https://goo.gl/Wo32Q6

Les pièces de la maison - Exercice

https://goo.gl/id2zvi

Décrire mon logement (mon appartement, ma maison)

https://goo.gl/yw5bTF

Prépositions - Exercice

https://goo.gl/YhfW9K

Comparatif - Exercice

https://goo.gl/CNsuKK

La comparaison - Exercice

https://goo.gl/bbokX8

Leçon 5

Qu'est-ce qu'une cérémonie de mariage à la française ?

https://goo.gl/XoTW7r

Le baptême en trois questions

https://goo.gl/Lin9ja

Les Misérables Bande Annonce VF (2013)

https://goo.gl/XdjVdb

La Maison Victor Hugo à Paris

https://goo.gl/b9PEVx

La statue de la Liberté (UNESCO / NHK)

https://goo.gl/o3sg29

Construction de la Tour Eiffel

https://goo.gl/so7VgK

Identifier le complément d'objet indirect (COI)

https://goo.gl/6o9RWf

Verbes pronominaux - Fiche et Exercice

https://goo.gl/3kiQgw

Les activités quotidiennes - Exercice

https://goo.gl/DW5pQP

Leçon 6

Top 10 DÉLICIEUSES spécialités françaises !

https://goo.gl/S2FtRt

Le plus grand dîner français du monde raconté par les chefs

https://goo.gl/Sw8njE

Le rite : l'apéro - Karambolage - ARTE

https://goo.gl/sq3tjS

Le repas gastronomique des Français

https://goo.gl/hk25Ep

Que mangent les français au petit déjeuner ?

https://goo.gl/wXJ6AS

Escargots à l'ail

https://goo.gl/XWVkpp

Comment préparer des cuisses de grenouille ?

https://goo.gl/wsAQrw

How Champagne Is Made

https://goo.gl/d2aSLk

Recette : le Cassoulet de Castelnaudary par Gérald Garcia, Chef étoilé

https://goo.gl/o7NyVa

Le participe passé avec AVOIR - Verbes réguliers - Exercice

https://goo.gl/bYvWMJ

La négation au passé composé - Exercice

https://goo.gl/rZLRS3

Accord du participe passé avec ÊTRE

https://goo.gl/zPMZyT

Passé composé et verbes pronominaux

https://goo.gl/ceWntF

Être ou avoir ? - Exercice

https://goo.gl/ZWBVj6

Accord du participe passé avec le COD + Prononciation + Exercice

https://goo.gl/ArdGAr

Accord du participe passé avec AVOIR et ÊTRE

https://goo.gl/pYYwuQ

Accord du participe passé avec le COD + Prononciation

https://goo.gl/kvc94L

Corrigés des 6 leçons 六課解答

Leçon 1

Immersion

1 - anglais (Hello !)
2 - chinois (您好 ！)
3 - espagnol (Buenos dias !)
4 - français (Bonjour !)
5 - japonais (こんにちは ！)
6 - italien (Buongiorno !)

Activités

2.Trouver la bonne réponse.

1	2	3	4	5	6
C	E	A	B	F	D

3. Comment s'appellent-ils ?

1 - C'est un panda. Il s'appelle Yéyé.
2 - C'est une girafe. Elle s'appelle Lagrande.
3 - C'est un éléphant. Il s'appelle Patapouf.
4 - C'est une grenouille. Elle s'appelle Reinette.

Mots croisés

1 - BONJOUR
2 - MERCI
3 - BIEN
4 - SALUT
5 - ALLEZ
6 - MOI
7 - PLUS
8 - COMMENT
9 - AUSSI
10 - TOI

Quizz

Lequel de ces animaux est le symbole de la France ?

4 - coq

Leçon 2

Immersion

Où sommes-nous ?

Dans un café	Dans une banque	Dans une gare	Dans un restaurant
2	1	4	3

Activités

1. Trouver la bonne réponse.

1	2	3	4	5	6
B	E	F	A	C	D

2. Quelle est leur profession ?

1 - Il est cuisinier.
2 - Elle est infirmière.
3 - Il est serveur.
4 - Il est policier.
5 - Elle est journaliste.

Mots croisés

1 - QUELLE(S)
2 - SECRETAIRE
3 - FRANÇAIS
4 - FRERES
5 - AGE
6 - VIE
7 - HABITES
8 - FAIS
9 - VIENS
10 - SOEURS

Quizz

Quelle est la ville la plus ancienne de France ?

4 - Marseille

Immersion

Tu aimes... ?

1 - Oui, j'aime les voitures de sport. / Non, je n'aime pas les voitures de sport.

2 - Oui, j'aime le cinéma. / Non, je n'aime pas le cinéma.

3 - Oui, j'aime la randonnée pédestre. / Non, je n'aime pas la randonnée pédestre.

4 - Oui, j'aime le basketball. / Non, je n'aime pas le basketball.

Activités

1. Trouver la bonne réponse.

1	2	3	4	5	6
C	F	E	B	D	A

2. Que savent-ils faire ?

1 - Il sait / Elle sait jouer aux échecs.

2 - Il sait / Elle sait lire la musique.

3 - Il sait / Elle sait jouer au tennis.

4 - Ils ne savent pas nager.

5 - Je sais jouer de la guitare.

6 - Je ne sais pas faire la cuisine.

7 - Je sais faire de la plongée.

8 - Je ne sais pas piloter un avion.

Mots croisés

1 - BOEUF

2 - BIEN

3 - MAL

4 - SPORT

5 - CUISINE

6 - SOUVENT

7 - VOITURE(S)

8 - CINEMA

9 - BEAUCOUP

10 - RESTAURANT

Quizz

Quel est le sport le plus populaire en France ?

2 - Le football

Leçon 4

Immersion

Tu habites seul, en famille ou avec des amis ?

- J'habite seul.
- J'habite en famille.
- J'habite avec des amis.

Activités

1. Trouver la bonne réponse.

1	2	3	4	5	6
C	E	A	F	B	D

2. Où habitent-ils ?

1 - Elle habite dans un château.
2 - Nous habitons dans un chalet.
3 - J'habite dans un appartement.

3. Que veulent-ils faire ?

1 - Je veux manger des fruits.
2 - Il veut dormir.
3 - Vous voulez jouer à la pétanque.

Mots croisés

1 - DEVONS
2 - PRENOM(S)
3 - TRAVAIL
4 - MAISON
5 - VIE
6 - TEXTE
7 - DOIS
8 - DOIVENT
9 - LUNE
10 - SYMPA

Quizz

Lequel de ces châteaux a inspiré Charles Perrault pour le conte «La Belle au bois dormant» ?

3 - Ussé

Leçon 5

Immersion

Qu'est-ce que tu aimes faire quand tu es libre ?

- Quand je suis libre, j'aime... lire / aller au cinéma / faire du shopping / faire du sport / regarder la télé / aller au café

Activités

1. Trouver la bonne réponse.

1	2	3	4	5	6
C	E	F	A	B	D

2. Que font-ils le dimanche ?

1 - Il fait du jet ski.
2 - Elle fait de l'escalade.
3 - Je fais du parapente.
4 - Il fait de la natation.

3. Comment s'amusent-ils ?

1 - Ils font un château de sable.
2 - Elle joue à la poupée.
3 - Elles jouent à la marelle.
4 - Il fait un dessin.

Mots croisés

1 - DIMANCHE
2 - REPONDRE
3 - AMIS
4 - SUPERBE
5 - RIEN
6 - PEUR
7 - LIBRE
8 - COPAINS
9 - CHANTER
10 - PROMENADE

Quizz

Vous connaissez tous la Tour Eiffel, du nom de son bâtisseur Gustave Eiffel. Celui-ci a également participé à la construction d'un autre monument célèbre. Quel est ce monument ?

1 - La statue de la Liberté à New-York, aux États-Unis

Leçon 6

Immersion

On se trouve dans quel genre de restaurant ?

français	italien	mexicain	thaïlandais	japonais	espagnol
3	4	2	6	1	5

Activités

1. Trouver la bonne réponse.

1	2	3	4	5	6
D	F	A	B	C	E

2. Que prennent-ils ?

1 - Nous prenons du saumon fumé.

2 - Je prends des escargots.

3 - Elle prend des cuisses de grenouille.

4 - Ils prennent des crevettes.

3. Que boivent-ils ?

1 - Ils boivent du champagne.

2 - Je bois de la bière.

3 - Nous buvons du lait.

4 - Vous buvez de l'eau gazeuse.

Mots croisés

1 - COIN
2 - RESTAURANT
3 - SUIS
4 - POPULAIRE
5 - QUARTIER
6 - CUISINE
7 - SUSHI(S)
8 - AUCUN
9 - MANGER
10 - POTE

Quizz

Quel est le plat le plus consommé par les Français ?

1 - Le steak frites

Livres de référence 參考書目

1. Grammaire progressive du français avec 500 exercices, Maïa Grégoire, Odile Thiévenaz, Clé International, 1995

2. Grammaire Pratique du Français en 80 fiches, Y. Delatour, D. Jennepin, M. Léon-Dufour, B. Teyssier, Hachette, 2000

3. Grammaire expliquée du français - Niveau intermédiaire, Michèle Maheo-Le Coadic, Reine Mimran, Sylvie Poisson-Quinton, Clé International, 2002

4. Grammaire progressive du Français : Niveau débutant, avec 440 exercices (1Cédérom), Maïa Grégoire, Clé International, 2010

5. 法語凱旋門：文法圖表精解 Clés du français, 楊淑娟 , Julien Chameroy, 聯經出版公司 , 2014

Mémo

Mémo

國家圖書館出版品預行編目資料

法語 Oh là là ! / 楊淑娟、Alain Monier 合著
-- 初版 -- 臺北市：瑞蘭國際 , 2018.10
192 面；17×23 公分 --（繽紛外語；79）
ISBN：978-986-96830-0-5（平裝附光碟片）

1. 法語 2. 讀本

804.58 107013751

繽紛外語 79

法語Oh là là !

作者｜楊淑娟、Alain Monier
責任編輯｜林珊玉、王愿琦
校對｜楊淑娟、Alain Monier、林德祐、楊淑媚、林珊玉、王愿琦

法語錄音｜ Alain Monier、Lisa Gautier
錄音室｜采漾錄音製作有限公司
視覺設計｜劉麗雪

董事長｜張暖彗 · 社長兼總編輯｜王愿琦
編輯部／ 副總編輯｜葉仲芸 · 副主編｜潘治婷
文字編輯｜林珊玉、鄧元婷 · 特約文字編輯｜楊嘉怡
設計部／ 主任｜余佳憓 · 美術編輯｜陳如琪
業務部／ 副理｜楊米琪 · 組長｜林湲洵 · 專員｜張毓庭

法律顧問｜海灣國際法律事務所　呂錦峯律師

出版社｜瑞蘭國際有限公司
地址｜台北市大安區安和路一段 104 號 7 樓之一、電話｜ (02)2700-4625、傳真｜ (02)2700-4622
訂購專線｜ (02)2700-4625、劃撥帳號｜ 19914152 瑞蘭國際有限公司
瑞蘭國際網路書城｜ www.genki-japan.com.tw

總經銷｜聯合發行股份有限公司
電話｜ (02)2917-8022、2917-8042、傳真｜ (02)2915-6275、2915-7212
印刷｜科億印刷股份有限公司
出版日期｜ 2018 年 10 月初版 1 刷
定價｜ 420 元
ISBN ｜ 978-986-96830-0-5

本書採用環保大豆油墨印製

瑞蘭國際

瑞蘭國際

瑞蘭國際

瑞蘭國際